BBULMEDIA

www.bbulmedia.com

그레이트 코리아

GREAT
그레이트 코리아
KOREA

1판 1쇄 찍음 2016년 1월 8일
1판 1쇄 펴냄 2016년 1월 14일

지은이 | 정사부
펴낸이 | 정 필
펴낸곳 | 도서출판 뿔미디어

기획 · 편집 | 문정흠

출판등록 | 2002년 9월 11일 (제1081-1-132호)
주소 | 경기도 부천시 원미구 소향로 17번길(두성프라자) 303호 (우) 14544
전화 | 032)651-6513 / 팩스 032)651-6094
E-mail | bbulmedia@hanmail.net
홈페이지 | http://bbulmedia.com

값 8,000원

ISBN 979-11-315-6945-0 04810
ISBN 979-11-315-6125-6 04810 (세트)

GREAT

그레이트 코리아

KOREA

13

뿔미디어

contents

1.
불타는 개성

짝짝짝짝!

국군의 날 행사 퍼레이드가 진행되면서 열기는 더욱 뜨거워졌다.

최정예 군인들과 최첨단의 신형 장비들의 위용은 그 모습을 지켜보는 대한민국 국민들과 단상에 자리한 정부 인사, 그리고 대한민국 정부의 초청을 받은 내외국 귀빈들도 하나같이 감탄을 자아낼 정도였다.

"대통령님, 이제 이동을 할 시간입니다."

한참 퍼레이드가 진행되는 와중, 길성준 비서실장이 윤재인 대통령의 뒤로 다가와서 귓속말을 하였다.

윤재인 대통령은 잠시 시계를 들여다보았다.

"이런, 벌써 시간이 이렇게 되었나? 그래, 이동을 하지."

시간을 체크한 윤재인 대통령은 서둘러 이동 준비를 하였다.

이미 사전에 국방부에서 준비한 행사가 부대 사열만이 아니란 것을 들었기에 자리를 옮기려는 것이었다.

"여러분, 또 다른 행사가 준비되었다고 하니 그리로 가시지요."

대통령의 제안에 주변에 있던 귀빈들은 고개를 갸웃거렸다.

퍼레이드를 통해 면면이 드러난 장비들도 충분히 놀라운데, 무엇인가 더 보여줄 것이 남았다는 태도에 호기심이 더욱 크게 든 것이다.

그렇기에 그들은 기대감을 가지며 자리에서 일어났다.

그런데 그 와중에 당황하는 모습을 보이는 이들이 있었다.

그들은 바로 중국과 일본의 대사 및 직원들이었다.

현재 시각, 오전 10시 50분.

앞으로 40분 뒤면 핵폭탄이 터질 예정이다.

그래서 중국 측이나 일본인들은 핑계를 대고 서울로 돌아가려 하는데, 예상 밖의 변수가 발생했다.

행사가 끝날 때까지 이곳에서 퍼레이드를 구경할 것이라는 예상이 완전히 빗나간 것이었다.

한국의 대통령과 정부 관료들이 다른 곳으로 이동하면 핵폭발의 의미가 없었기에 이들의 당황은 당연했다.

"차세대 전투기의 개발이 완료되어 시범을 보인다고 하니, 모두 함께 가시지요."

윤재인 대통령은 그런 일이 벌어지고 있는 줄은 꿈에도 모른 채 귀빈들을 안내했다.

각국 귀빈들 역시 최신예 스텔스 전투기가 시범을 보일 거라는 말에 반색을 했다.

스텔스 전투기는 현대전에서 가진바 역할이 지대했다.

한데 그런 무기를 직접 볼 수 있다는 말에 모두들 두 눈을 반짝였다.

사실 그동안 대한민국은 스텔스 전투기를 보유하기 위해 많은 노력을 해왔다.

하지만 그 시도는 번번이 수포로 돌아갔다.

계약을 맺은 미국의 록히드 사가 약속을 저버린 탓이 컸다.

이미 개발 사업을 접은 록히드 사는 F—35 라인을 부활시키기 위해 억지를 부렸다.

엄청난 개발비를 한국 정부에 요구한 것이다.

당연히 한국 정부로서는 받아들일 수 없는 결과였다.

어쨌든 그러한 록히드 사의 억지로 인해 대한민국 정부의 차세대 스텔스 전투기 개발 사업은 난항을 겪을 수밖에 없었다.

그런데 사실 록히드 사의 속셈은 그게 전부가 아니었다.

F—35 라인을 부활시키려는 것도 하나의 목적이지만, 그보다는 다른 술책이 숨겨져 있는 것이다.

록히드 사 내부의 고위 인사 중 일부가 일본 정부의 로비를 받아 방해를 놓은 것이 가장 큰 요인이었다.

그들은 한국의 기술력을 믿을 수 없으며, 한국과 공동으로 스텔스 전투기를 개발하려는 러시아가 미국의 가상 적국이라는 명목으로 제동을 걸고 나섰다.

미국의 비밀 기술이 넘어갈 수 있다는 이유에서였다.

물론 그 모든 것은 허울 좋은 핑계에 불과했다.

미국, 아니, 록히드 사는 사실 한국이 원하는 기술을 이전해 줘도 하등 손해 볼 것이 없었다.

한국이 요구한 기술이 전투기 개발에 꼭 필요한 기술이기는 하지만, 록히드 사에서는 이미 그 상위 기술을 가지고 있는 상황.

그에 대한 기술이 외부로 흘러가더라도 하등 상관이 없는 것이다.

러시아 역시 이미 그와 유사하거나 어찌 보면 더욱 뛰어난 기술을 보유하고 있었다.

그런데도 록히드 사가 핑계를 대며 기술 이전을 거부하여 공동 개발 계획은 무산되어 버리고 말았다.

이는 일본 정부의 술책이기도 하지만, 미국 나름대로의 계산이 깔려 있기도 했다.

기술 이전을 통해 한국이 스텔스 전투기를 개발해 내는 것보다 지금처럼 많은 대가를 치르며 구입하는 것이 훨씬 더 미국에 이득이기 때문이었다.

당연하게도 대한민국 정부로서는 받아들일 수 없는 결과였다.

대한민국 정부는 자주 국방이란 기치 아래 스스로의 힘으로 국방을 지키고 싶었다.

그래서 어려운 길이 되더라도 목표를 이루기 위해 나아가기로 결심을 다잡았다.

그리고 고생 끝에 낙이 온다는 말처럼 결국 힘든 여정을 거치며 자체적으로 스텔스 전투기를 개발하기에 이르렀다.

사실 뒤떨어지는 기술로는 주변 강대국들이 보유한 것과 비슷한 성능의 스텔스 전투기를 개발하기가 요원하였다.

그런데 지금 윤재인 대통령이 자신만만하게 선언을 한 것이다.

대한민국이 스텔스 전투기를 개발하였다고.

로버트 미국 대사는 놀란 눈을 한 채 윤재인 대통령에게 물었다.

그는 록히드 사와 대한민국 정부 간의 계약이 어떻게 진행되었는지 잘 알고 있었다.

그렇기에 윤재인 대통령의 선언이 놀라울 수밖에 없던 것이다.

"그 말이 사실입니까?"

"예, 그렇습니다. 저도 사실 얼마 전에야 보고를 받았습니다. 라이프 메디텍과 천하 항공이 손을 잡고 개발에 착수했던 X—4 프로젝트가 성공을 거두었다고 합니다."

윤재인 대통령은 자부심이 가득한 표정으로 로버트 대사를 쳐다보았다.

그 눈빛은 마치 '너희가 도와주지 않아도 우린 할 수 있다' 고 말을 하는 것 같았다.

"가시지요."

윤재인 대통령은 경호원들이 길을 만들자 걸음을 옮겼다.

그리고 그 뒤로 각국 귀빈들과 퍼레이드 행사에 초청 받은 내국인들이 기대 반, 설렘 반의 표정으로 따랐다.

떨떠름한 표정의 중국인과 일본인들은 당황 속에서 느리게 그 뒤를 쫓았다.

개성 평화리에 위치한 건물 지하.

각종 기기들이 즐비한 실내에는 많은 사람들이 자리에 앉아 모니터를 들여다보고 있었다.

개성 시내 곳곳을 비치고 있는 모니터를 지켜보던 사람들은 저마다 머리에 헤드셋을 쓰고 있었다.

그러다 화면 내부에 수상한 장면이 보일 때면 빠르게 체크하며 보고를 올렸다.

삐비빅! 삑삑!

다라락! 탁! 탁!

그들 가운데 자리한 국정원 2차장 김기춘은 긴장한 표정으로 전방에 있는 대형 모니터를 쳐다보고 있었다.

지금 이곳은 국가정보원의 임시 지휘소로 활용되는 중이

었다.

국군의 날 행사를 치르고 있는 개성에서 테러가 있을 것이란 제보가 들어왔기에 국내 정보를 담당하는 2과에서 임시 지휘소를 꾸린 것이다.

물론 대통령과 국내외의 귀빈들이 모이는 만큼 경호에 만전을 기하고는 있지만, 작은 실수 하나라도 일어나서는 안 되었다.

만약 이러한 큰 행사에서 사고가 발생한다면 대한민국의 위상은 땅바닥으로 떨어질 것이다.

아니, 비단 그것만이 문제는 아니었다.

현재 대한민국은 살얼음판 위를 걷는 것과도 같은 상태에 놓여 있었다.

국토는 배 이상 늘었지만, 현재 안전하게 지킬 수단이 부족했다.

그렇기에 군은 지금도 방위산업체에 많은 군수물자를 발주하고 있으며, 새롭게 최첨단 무기들을 개발하고 있는 중이기도 했다.

하루라도 빨리 군사력을 충족시켜야 안정된 생활을 영위해 나갈 수 있기 때문이다.

그런데 그런 대한민국의 움직임을 못마땅한 눈으로 쳐다

보는 이들이 있었다.

미국, 중국, 일본, 러시아. 모두가 대한민국을 둘러싼, 강대한 국력을 가진 나라들이었다.

전통적 우방을 자처하는 미국은 겉으로는 별다른 표현을 하지 않지만, 사실상 대한민국이 자력으로 성장을 하는 것에 간접적으로 훼방 놓았다.

그리고 일본이나 중국의 경우, 동북아시아에 긴장을 조장한다고 성토를 해 댔다.

러시아야 자국의 복잡한 문제 때문에 별다른 반응을 보이고 있지는 않지만, 3년 전부터 국경을 맞대고 있는 상태라 그들도 대한민국의 군사력이 강화되는 것을 그리 달가워하지는 않았다.

이렇듯 주변에 있는 나라들이 하나같이 대한민국이 발전하는 것을 반기지 않을뿐더러 심지어는 내정 간섭을 하려는 움직임도 보이고 있었다.

특히 일본의 경우가 심각했다.

그들은 겉으로는 한국이 위기에 처할 때 군대를 파병해 주겠다 주장하지만, 그 속을 들여다보면 시커먼 내심이 그대로 드러났다.

매년 발표하는 방위백서에 대한민국 영토인 독도를 자국

영토로 기재하는 것이 대표적인 사례라 할 수 있었다.

이는 엄연한 침략 행위이며, 양국 관계에 저해되는 행동임이 분명하다.

당연히 대한민국 정부가 항의를 해도 모르쇠로 일관했다.

뿐만 아니라 통보도 없이 대한민국의 영해를 침입하기도 하는 등 갈등을 부추겼다.

그런 사정은 중국도 마찬가지다.

그들 역시 생산을 중단했던 전투기며 전차 등을 새롭게 생산해 내며 군사력 강화에 매진했다.

말로는 노후화된 군 장비를 교체를 하기 위해 그런 것이라고 하지만, 그 속셈은 너무나 빤했다.

북한이라는 완충지가 사라져 직접 국경을 맞대게 된 대한민국을 경계하려는 의도였다.

물론 그에 대해 이해 못할 바는 아니었다.

신무기로 장비를 교체하는 대한민국 군대에 위협을 느끼는 것은 중국 입장에서 볼 때, 당연한 일이었으니.

하지만 지난 전쟁에서 지독한 패배를 당한 중국은 육군만으로는 대한민국을 당해낼 수 없다는 판단을 내렸다.

그랬기에 그들은 공군과 해군력을 강화하여 그 대안으로 삼았다.

우선 2028년에 인도될 예정이던 베이징 급 항공모함, 난징호의 수주를 1년 단축해 올해 인도하였다.

비록 베이징 급이 65,000톤의 중형 항공모함인데다 함재기의 숫자가 고작 17대 정도를 수용하는 것에 불과하지만, 벌써 여섯 척이나 보유하게 되어 나름 막강한 해군력을 과시할 수 있었다.

미국에 이어 2번째로 많은 항공모함을 보유한 국가가 된 것이다.

아무튼 주변국들이 대한민국의 성장에 견제를 하고 있는 와중에 테러 제보가 들어왔으니 경각심을 갖는 게 당연했다.

국정원에 비상이 걸리는 것과 동시에 국내에서 활동하는 모든 요원들이 동원되었다.

그리고 각급 군부대에서도 언제든 명령이 떨어지면 신속하게 출동할 수 있도록 준비 태세를 갖추었다.

만약 국내외 귀빈들이 모여 있는 곳에서 참사가 벌어지면 그 파급 효과는 결코 작지 않았다.

자칫 잘못하다가는 한반도에서 전쟁이 발발할 수도 있는 문제였다.

전쟁이 아니더라도 잘못하다가는 크나큰 문제가 발생하

리란 것은 삼척동자도 알 수 있는 일이기에 국정원은 총력을 기울여 감시 중이었다.

그렇게 김기춘이 모니터를 보고 있을 때, 단상을 비추는 화면에 귀빈들의 움직임이 포착되었다.

김기춘은 자신의 왼쪽 손목에 차고 있는 시계를 확인하였다.

"음, 벌써 시간이 이렇게 된 것인가."

10시 55분. 이제 귀빈들은 예정된 스케줄대로 모종의 장소로 이동하여 최신예 스텔스 전투기를 감상할 것이다.

비록 자신과 연관 있는 분야는 아니지만, 국정원 차장으로 있으면서 스텔스 전투기에 관해선 들은 바가 있었다.

무기 관련 선진국들만 보유하고 있는 스텔스 전투기 개발 기술을 관련 국가의 도움 없이 자체적으로 개발을 완료했다는 것만으로도 김기춘은 자부심이 들었다.

마음 한편으로는 그것을 어떻게 지킬 것인지 고민이 되기도 하였다.

하지만 이내 생각을 정리했다.

현재 그가 해야 할 일은 귀빈들의 신변 보호에 만전을 기하는 일이었다.

"1구역 보고하라."

김기춘은 모니터를 보며 무전을 날렸다.

임시 지휘소에서 살피는 모니터만으로는 현장의 상황을 모두 파악하기는 어렵다.

그렇기에 현장에 나가 있는 요원들을 통해 최종 상황을 체크하는 것이다.

— 1구역 이상 없습니다.

"2구역 보고하라."

— 2구역도 이상 없습니다.

각 지역에서 아무런 이상이 없다는 보고가 올라오자 김기춘은 어느 정도 마음이 놓이는 듯했다.

하지만 그도 잠시.

가슴 깊은 곳에서부터 치밀어 오르는, 뭔가 불길한 예감이 뇌리를 떠나지 않았다.

"현장에 있는 모든 요원들에게 알린다. 주변을 다시 한 번 자세히 살피기 바란다. 수상한 징후가 보이면 바로 조치를 취하기 바란다. 이상."

김기춘은 불안한 마음에 다시 한 번 현장에 있는 요원들에게 주의를 촉구했다.

자신이 느끼는 불안감이 그저 단순한 걱정으로만 끝나면 상관이 없는 일이지만, 만에 하나 경계 소홀로 테러가 발생한다면 사태를 되돌릴 수 없기 때문이다.

거듭된 김기춘의 지시에 요원들은 다시금 주변을 경계했다.

그러한 모습들은 모니터로 즉각 포착되었다.

똑똑.

"들어와."

노크 소리가 들리자 김석원은 시선도 돌리지 않은 채 말했다.

"충성!"

"그래, 무슨 일이야? 혹시 모두 잡았나?"

김석원은 지금 신경이 무척 날카로운 상태였다.

국군의 날 행사가 펼쳐지고 있는 개성에서 테러가 발생할 것이란 제보 때문이다.

그는 오늘 펼쳐지는 국군의 날 행사가 무척 중요하다는 것을 잘 알고 있었다.

그랬기에 국정원 2과 요원들과 자신의 부하들까지 모두 개성 시내로 출동한 상황에서 초조하게 보고를 기다리고 있던 참이었다.

"아직 찾지 못했습니다."

"아니, 그게 말이 되는 소리야! 너희들, 일 제대로 하고 있어!"

별다른 소득이 없다는 말에 김석원은 짜증을 내며 고함을 질렀다.

물론 국정원 요원들이나 자신의 부하가 무능하지 않다는 것은 그도 잘 알고 있었다.

하지만 문제는 현재 돌아가는 상황이 결코 녹록치 않다는 것이었다.

분명히 문제는 존재하는데 해결의 실마리가 보이지 않는 탓에 신경이 날카로워진 것이다.

잠시 고민하던 김석원은 이대로는 안 되겠다는 생각이 들어 자리에서 일어났다.

오늘 테러가 벌어질 것이라 제보한 사람을 만나러 가기로 마음먹은 것이다.

"아무래도 안 되겠어. 난 지금 제보를 보내준 사람을 만나러 갈 테니, 조금이라도 상황이 바뀌면 바로 연락해."

"알겠습니다."

김석원은 마음이 급해서인지 부하의 대답도 듣는 둥 마

둥하며 서둘러 상황실 밖으로 나갔다.

복도를 지난 그는 구석진 곳에 위치한 문을 열고 안으로 들어갔다.

덜컹.

"아, 그냥 앉아 있어요."

방 안에 있던 남자는 김석원이 들어서자 놀란 듯 자리에서 일어났다.

그는 뭐가 그리 불안한지 얌전히 앉아 있지를 못했다.

눈동자가 흔들리는 모습만 봐도 그가 무척 불안해하고 있다는 것을 알 수 있었다.

"리철만 씨, 궁금한 것이 있어 이렇게 찾아왔습니다. 너무 불안해하지 마시고 질문에만 답해주시면 됩니다."

"네, 알갔시오. 내 물어보시는 것 죄다 말하갔소."

"네. 그러면 다시 한 번 물어보겠습니다. 테러를 준비하는 이들이 정확하게 누구라고 하셨죠?"

김석원은 앞에 앉아 있는 리철만에게 다시 한 번 테러리스트들에 대한 정보를 물었다.

그에 리철만은 불안한 표정을 지으면서도 더듬더듬 답을 하였다.

"그러니까니… 장영철 대좌와 저희 1군단… 총원 58명

GREAT
그레이트 코리아
KOREA

중 금강산에서 굶어 죽은 병사가 32명으로… 26명이 남았습네다. 그런 가운데 저와 함께 온 다섯 명은… 도저히 되놈들 말을 믿을 수 없어… 귀순을 한 것입네다. 그리고… 제가 넘겨 드린 그것이… 장영철 대좌가 되놈들에게 건네받은 핵 배낭입네다. 믿어주시라요."

리철만은 혹시라도 자신의 말을 김석원이 믿지 않을 수도 있다는 생각에 진심을 담아 간절하게 토로했다.

자신이 테러를 지시 받고 이곳 개성으로 오게 되었다는 내용과 그 증거로서 핵 배낭의 존재를 이야기했다.

김석원도 리철만이 가져온 물건이 핵 배낭이란 사실은 이미 알고 있었다.

비록 전략 핵무기는 아니지만, 핵 배낭 하나라 해도 그 위력은 결코 무시하지 못했다.

만약 퍼레이드가 진행되고 있는 개성에서 폭발이 일어난다면 엄청난 비극이 초래될 것은 불을 보듯 빤하였다.

하지만 천만다행하게도 리철만이 먼저 제보를 하며 자수를 해와 그 조짐을 사전에 파악할 수 있었다.

그와 함께 구 북한군 잔당들에 대한 분노가 치밀었다.

중국이야 자국의 이익을 위해 음모를 꾸민 것이지만, 구 북한군 잔당들의 지휘관은 그저 개인의 영달만을 위해 같은 민족을 죽음으로 몰아넣고 있는 게 아닌가.

다행히도 아직 테러가 벌어지진 않았지만, 테러 기도를 꾀했다는 자체만으로도 결코 용서할 수 없는 일이었다.

"저……."

"아, 할 말 있으면 편하게 하십시오."

무언가 눈치를 보며 망설이는 듯한 리만철의 모습에 김석원은 부드럽게 말을 건넸다.

한결 편안해진 분위기에 리철만은 마음이 놓이는 듯 작은 목소리로 물었다.

"그런데 고조 제 가족들은 모두 무사한 것입네까? 언제쯤이나 가족들을 만날 수 있는 것입네까?"

리철만이 자수를 한 것에는 이유가 있었다.

다름 아닌, 바로 그의 가족들 때문이었다.

사실 그는 통일 이전 전방에서 근무를 하고 있었다.

그러다 갑작스레 통일이 되면서 의도치 않게 장영철을 때라 금강산으로 들어가게 된 것이다.

당시 리철만의 계급은 상위로, 그 또한 북한 내에서 출신 성분이 그리 나쁘지 않은 터였다.

그렇지만 김장은 정권이 들어서면서 모든 것이 바뀌었다.

북한은 어려운 경제 상황 속에서도 군인들에 대한 보급만큼은 최우선적으로 지급되었다.

하지만 김종일에 이어 3대째 세습이 되면서 모든 것이 바뀌었다.

김장은은 국제적으로 고립된 형세를 뒤집기 위해 더욱 강력한 무기 개발에 총력을 기울였다.

만약 그 예산을 경제에 쏟았다면 파탄 지경에까지 이르지 않았을 수도 있을 노릇이겠지만, 아무튼 대륙간탄도탄(ICBM)이나 잠수함 탄도미사일(SLBM) 등을 개발하겠다며 엄청난 예산을 낭비하였다.

솔직히 북한 주민들에게 그런 것은 전혀 쓸모가 없는 것들이었다.

당장 끼니를 걱정해야 할 판국에 무기가 무슨 필요가 있겠는가.

결국 북한의 경제 붕괴는 그 여파가 군에까지 미쳤다.

최후의 보루라 할 수 있는 군대마저도 보급이 제대로 이루어지지 않게 된 것이다.

그런 상황에서 리철만은 가족들을 최전방까지 데려올 수가 없었다.

그나마 평양에 있어야 굶지 않고 생활을 할 수 있을 테니말이다.

그런데 일이 꼬이려는 것인지, 리철만은 장영철을 따라 다시 금강산으로 들어가게 되었다.

그 후로 리철만은 하루하루가 지옥과도 같이 느껴졌다.

아무런 준비도 없이 무작정 금강산으로 들어갔으니 미래에 대한 계획이나 비전이 없는 건 당연했다.

결국 동료와 부하들이 지독한 굶주림에 하나하나 쓰러져 갔고, 일부는 그런 동지들의 시신을 식량으로 삼기도 했다.

그야말로 한 편의 지옥도가 눈앞에 펼쳐진 것이다.

그런데 저 혼자 잘살겠다고 인민들 속에서 핵무기를 터뜨리겠다는 장영철 대좌의 말에 더 이상 참을 수가 없었다.

군인으로서의 신념이나 정체성을 망각한 그의 모습에 리철만은 마음의 결정을 내렸다.

그러고는 장영철의 계획을 국군에 제보하며 자수를 한 것이다.

군에서는 리철만과 함께 귀순한 군인들에게 좋은 대우를 해주었다.

며칠 동안 아무것도 먹지 못한 그들에게 배불리 먹여주면서 편안한 잠자리를 제공해 준 것이다.

그와 동시에 금강산에 남은 구 북한군의 정세나 개성에서 테러를 하려는 이유 등에 대하여도 계속 조사를 해나갔다.

그 과정에서 리철만은 자신의 가족들이 평양에서 잘살고 있다는 말을 듣게 되었다.

그러자 한시라도 빨리 가족들을 만나고 싶어졌다.

그래서 자신이 알고 있는 것들을 하나도 빠짐없이 털어놓았다.

지금 리철만의 관심사는 평양에 있는 가족을 언제 만날 수 있느냐는 것뿐이었다.

"예. 테러범들이 모두 잡히면 그때 간단한 조회만 마치고 가족분들과 만날 수 있을 것입니다. 사실 저희가 리철만 씨를 바로 가족들과 만나게 해드릴 수도 있지만, 그렇지 않는 이유가 있습니다. 바로 리철만 씨와 가족분들의 안전을 위해서입니다."

김석원은 조급해하는 리철만을 다독이며 현재 상황에 대한 설명을 해주었다.

테러를 모의한 장영철 일당이 아직 붙잡히지 않은 상태에서 리철만과 귀순 장병들은 결코 신변의 안전을 보장할 수 없었다.

장영철 일당의 입장에서는 배신자나 다름없는 것이다.

그렇기에 안전을 보장하기 위해서는 그들의 존재를 노출시켜서는 안 되었다.

"알갔습네다. 내래 조금 더 참고 기다리갔습네다."

"네, 부탁드립니다. 조만간 장영철과 그 일당들이 붙잡히면 바로 가족분들과 만나게 해드리겠습니다."

김석원은 리철만을 안심시키고는 자리에서 일어났다.

조금이라도 정보를 얻어볼 요량으로 리철만을 찾아왔지만, 소득은 별로 없었다.

새로운 정보라 할 만한 것이 전혀 없었기 때문이다.

한편, 장영철과 그의 부하들은 핵 배낭을 멘 대원을 남겨두고 각자 정해진 위치로 이동하였다.

그런 가운데 장영철의 눈빛이 조금은 이상했다.

뭔가 복잡한 고민거리가 있는지 그의 눈동자는 심하게 흔들리고 있었다.

'제길!'

장영철은 속으로 욕지기를 내뱉었다.

사실 그는 부하들에게 배낭의 정체에 대해 알리지 않았다.

그저 자신의 측근에게만 일러 약속된 시간이 되기 전에

폭발 범위를 벗어나기로 한 것이다.

그 때문에 그는 지금 양심의 가책을 느끼고 있었다.

누가 뭐라 해도 지금까지 자신을 따르던 부하들이 아닌가.

그런 이들을 사지로 몰아넣는 것 때문에 일말의 양심이 고개를 든 것이다.

하지만 그도 잠시.

자신이 먼저 살아야 하기에 그들을 외면하기로 마음을 다 잡았다.

"폭탄이 터지면 주변에 총을 쏴 혼란을 야기하도록 하기요."

"저… 군관 동무, 굳이 인민들에게 총까지 쏴야 하갔습네까?"

너무나 냉혹한 지시에 부하 중 하나가 조심스레 의문을 재기했다.

한때 같은 체제하에 있던 인민들에게 총을 쏜다는 것에 꺼림칙한 기분이 든 것이다.

"저 간나들은 우리가 지켜야 할 인민이 아님메. 자본주의에 물든 반동들이지비!"

죄책감을 감추기 위해 장영철은 오히려 성을 내며 부하를

윽박지르듯 소리쳤다.

서슬 퍼런 그의 대꾸에 말을 꺼냈던 부하는 움찔했다.

"각자 위치로 가라우!"

"알갔시오."

장영철의 차가운 호통에 부하들은 얼른 정해진 자리로 가 약속된 작전 시각을 기다렸다.

부하들이 움직이는 모습을 지켜본 장영철은 자신의 내심을 들킬까 싶어 얼른 측근들을 데리고 이동하였다.

언제부터인가 장영철과 그의 부하들을 주시하는 이들이 있었다.

너무도 추레한 모습에 의심을 품은 주민이 신고를 한 것이다.

남북 간의 통일이 이루어지고 난 후, 북한 지역도 많은 발전이 있었다.

3년간의 군정을 거치면서 치안도 좋아지고, 치밀하게 계획된 경제정책으로 북한 지역 주민들도 어느 정도 부를 축적할 수 있었다.

그러하였기에 김씨 일가가 통치할 때와 다르게 주민들은 얼굴도 뽀얗고 살도 통통하게 올라 보기 좋은 상태를 유지했다.

한데 장영철과 부하들은 전혀 그렇지 못했다.

당연한 일이었다.

금강산에 숨어 지낸 그들에게 기본적인 영양 공급이 가능할 리 없었으니.

그들의 지금 몰골은 예전 김씨 일가가 통치할 때의 북한 주민 모습과 흡사했다.

제대로 먹지 못해 영양실조에 걸린 사람들마냥 앙상한 몸.

그 때문에 처음에는 혹시나 부랑자가 아닌가 하는 생각에 신고가 접수되었다.

무엇보다 아이러니한 것은 신고를 한 이가 북한 주민이라는 점이었다.

오늘 행사를 구경하기 위해 개성을 찾은 사람들은 장영철과 그 부하들을 보고도 그저 노숙자려니 하였다.

하지만 개성에 살고 있는 주민들은 그렇게 생각하지 않았다.

예전 구 북한 정권이 지배할 때만 해도 거동이 수상한 자들을 보면 무조건 신고를 해야 했다.

우스운 일이지만, 통일이 되고 3년이나 흐른 지금에도

그런 잠재의식이 남아 있어 신고를 한 것이었다.

일단의 시선은 장영철과 부하들이 갈라지자 저마다 행동에 나섰다.

각기 인원을 나눠 인파 속으로 섞여 들어가는 장영철과 그 일행들을 추적하기 시작한 것이다.

"본부, 통일1로 A—2구역, 거동 수상자들을 발견하였습니다. 추적하겠습니다."

국정원 2과 요원인 박용욱은 자신의 담당 구역을 살피다가 순찰 중인 순경에게서 중요한 제보를 받았다.

거동이 수상한 사람들이 돌아다닌다는 것.

그 순간, 박용욱은 직감했다.

자신이 찾던 게 바로 그들이라는 것을.

서둘러 출동한 그는 곧 그들을 발견할 수 있었다.

그러고는 허름한 행색 차림을 한 채 인파 속으로 파고드는 장영철 일행의 모습에 박용욱은 서둘러 그 뒤를 쫓았다.

개성시 버스 터미널.

핵 배낭이 터지기 전에 폭발 범위 밖으로 벗어나려는 장영철 일행을 불러 세우는 이가 있었다.

"안녕하십니까, 잠시 검문이 있겠습니다. 신분증을 제출해 주시기 바랍니다."

그는 다름 아닌 박용욱이었다.

그는 이미 상대방이 테러 용의자라는 확신이 들었지만, 전혀 내색하지 않은 채 평범한 검문인 양 태연스레 협조를 요구했다.

하지만 그럼에도 장영철과 그 일행은 당황할 수밖에 없었다.

그들은 몇 년간 금강산에 숨어 지내느라 신분증이라 할 만한 것이 전혀 없었다.

그랬기에 자칫 잘못하다가는 이 자리에서 정체가 탄로날지도 모를 일이었다.

장영철 일당이 어찌할 바를 몰라 하는 사이, 박용욱은 조심스럽게 그들의 거동을 살폈다.

이미 심증이 굳어진 상태라 상대방이 어떤 돌발 행동을 벌이지는 않을지 경계하는 것이었다.

이미 개성 시내 전역에는 테러에 대한 경계령이 내려져 있는 상태였다.

민간인들의 동요를 우려해 겉으로 알리지는 않았지만, 이미 내부적으로는 대비를 하고 있는 것이다.

또한 단순히 테러에 대비하는 것뿐 아니라 한발 더 나아가 이참에 테러리스트들을 소탕하기 위해 만반의 준비를 갖추었다.

한편, 장영철은 심상치 않은 박용욱의 태도에 한껏 긴장감을 끌어 올렸다.

그와 동시에 표 나지 않게 주변을 살폈다.

하지만 어디를 살펴봐도 빈틈이 보이지 않았다.

주변 곳곳에서 자신을 향해 다가오는 인물들이 있는 탓이었다.

사실 박용욱은 장영철 일당을 포착하고 이미 주변에 있는 국정원 요원들과 테러 진압 요원들을 모두 호출한 상태였다.

물론 이곳에 모인 국정원 요원과 테러 진압 요원들이 전부는 아니었다.

현재 장영철의 일당이 개성시 이곳저곳으로 흩어졌기에 다른 요원들은 지금 그들을 쫓고 있는 중이었다.

장영철은 이미 자신이 포위되었다는 것을 확인하고는 순순히 두 손을 들었다.

"어떻게 안 기요?"

그러고는 체념한 듯이 물었다.

박용욱은 장영철이 얌전히 투항하자 그제야 굳었던 표정을 풀고 대답을 해주었다.

　"이미 너희들의 계획은 모두 탄로났다."

　박용욱은 그에게 수갑을 채우며 차갑게 대꾸해 주었다.

　그러고는 다른 사람들이 보지 못하게 이들을 호송차에 태웠다.

　그런데 다른 곳에서는 체포 과정이 순조롭게 이루어지지 않았다.

　탕! 탕!

　타타타탕!

　"꺄악!"

　"사람 살려요!"

　"엄마야!"

　국군의 날 퍼레이드가 한창인 개성 통일로의 한 지점.

　갑작스럽게 발생한 총격전으로 인해 주변 일대는 아비규환이 되었다.

　"잡아!"

탕! 탕!

"조선 인민 민주주의 공화국 만세… 으악!"

160㎝의 작은 키에 낡은 황토색 작업복을 입은 남자는 경찰과 총격전을 벌이며 대치를 하다 마지막 순간 자살을 하였다.

하지만 그 와중에 주변은 온통 혼란에 빠진 상태였다.

여기저기 피를 쏟아내며 신음을 흘리는 사람들.

한쪽에는 구경거리라도 되는 양 휴대폰을 들이대며 영상을 찍어 댔다.

그나마 사태를 파악한 일부 시민들이 관공서에 신고를 하기도 했다.

삐뽀! 삐뽀!

다행스럽게도 개성시 일대에는 비상 대책반이 미리 마련되어 있었기에 총격이 발생하자마자 대처에 들어갔다.

급히 달려온 구급차가 부상자들을 실어 가까운 병원으로 이송하였다.

그리고 경찰은 빠르게 일대에 폴리스 라인을 설치하여 주변을 통제하기 시작하였다.

몇몇 사상자가 발생하기는 했지만, 테러범이라 짐작되는 이들이 대량 살상을 저지르기 전에 진압할 수 있었다.

그나마 다행인 것이 폭탄이 터지기 전에 제압을 할 수 있었다는 점이다.

만약 그들을 저지하지 못했다면 참으로 끔찍한 비극이 일어났을 것이 불 보듯 뻔하였다.

사정을 알지 못하는 이들은 빠르게 수습된 탓에 그리 심각함을 깨닫지 못했다.

그랬기에 그들의 관심은 금세 사라졌다.

알지 못하는 일에 신경을 쓰는 것보다 눈앞에서 펼쳐지는 군사 퍼레이드가 더 흥미롭기 때문이었다.

그런 가운데 조용히 현장을 지켜보는 이들이 있었다.

주변 사람들과 다르게 보이지 않기 위해 행색을 꾸몄지만, 딱 봐도 외국인이란 것을 알 수 있는 모습이었다.

그들은 잠시 사건 현장을 주시하다 곧 다른 곳으로 이동을 하였다.

한적한 여관 골목으로 들어간 사내들은 잠시 주변을 살피더니 금세 안으로 들어갔다.

좁은 실내.

아랍 계통 인종으로 보이는 사내들이 테이블을 앞에 두고 서서 뭔가를 하고 있었다.

테이블 위에는 갖가지 물건들이 널려 있었다.

그 물건의 모습은 사내들의 정체를 어느 정도 짐작할 수 있게 해주었다.

다이너마이트와 격발장치.

이들은 폭탄을 통해 의지를 전달하는 테러리스트인 것이다.

똑! 똑! 똑똑! 똑!

한창 다이너마이트에 격발장치와 연결하고 있던 사람들이 노크 소리에 신경을 곤두세웠다.

그중 누군가가 테이블에 놓인 권총을 들고 문 뒤로 가 섰다.

"누구요?"

총을 든 사내는 문을 겨누며 조심스럽게 물었다.

그러자 곧 대답 소리가 들려왔다.

"핫산입니다."

덜컹.

이들 일행 중 한 명인 핫산은 총소리가 들리자 사태를 파악하기 위해 밖을 둘러보러 나간 참이었다.

"그래, 무슨 일이야?"

핫산이 안으로 들어서자 방 가장 안쪽에 앉아 있던 남자가 물었다.

방 안에 있는 이들의 정체는 수니파의 극단 무장 단체인 이슬람 국가(IS)의 조직원들이었다.

이들은 지금 IS의 지도자인 압둘라의 지시를 받고 한국으로 침투한 상태였다.

한국 때문에 여러 번의 작전을 실패한 IS는 어떻게든 복수를 하기 위해 계획을 세웠다.

그리고 10월 1일에 대대적인 군사 행사를 치른다는 정보를 입수하고는 테러를 준비했다.

상징적인 날에 테러가 벌어진다면 한국의 위신이 떨어지는 것은 물론, 복수를 통해 자신들의 존재감을 과시할 수 있을 거라는 판단이었다.

그런데 준비를 하는 중에 갑자기 요란스런 총소리와 함께 비명 소리가 들려온 것이다.

난데없는 소란에 이들 역시 당황할 수밖에 없었다.

아직 자신들은 아무것도 한 것이 없는데, 누군가 테러를 감행한 듯 보인 탓이었다.

이들 IS의 자살특공대의 대장인 무하메드 알 카심은 서둘러 사태를 파악하기 위해 부하 중 한 명인 핫산을 밖으로 내보냈다.

만약 다른 이들이 먼저 선수를 친 것이라면 그 내용을 확인해야만 했다.

지금 벌어지고 있는 소란 탓에 자신들이 계획한 작전이 물거품이 될 수도 있기 때문이다.

만약 경찰이나 특수부대가 출동을 하게 된다면 오늘 테러는 물 건너간 셈이었다.

그야말로 닭 쫓던 개 신세가 될 수도 있는 것이다.

그런 탓에 무하메드는 핫산이 들려줄 이야기에 집중했다.

곧 핫산의 입에서 바깥 상황에 대한 내용이 흘러나왔다.

"조금 전 총소리는 구 북한군이 벌인 것이라 합니다. 그들도 저희처럼 오늘 테러를 모의했는데, 사전에 그것이 발각되어 모두 제압되었다고 합니다."

무하메드는 핫산의 말을 듣고 깜짝 놀라는 한편 어이가 없었다.

설마 자신들 말고 또 다른 이들이 테러를 계획했다니.

그야말로 아이러니가 아닐 수 없었다.

하필이면 그들이 설쳐 대는 탓에 자신들은 목적을 이루기가 어려워진 것이다.

"그럼 지금 바깥 상황은 어떤가?"

그렇지만 핫산에게서 들려온 말은 참으로 뜻밖이었다.

"경찰 특공대나 테러 진압 부대는 조금 전 총격전을 끝으로 철수했습니다. 지금은 경찰과 소방관들만이 남아서 정리를 하고 있습니다."

무하메드에게는 그야말로 천우신조인 셈이었다.

국정원은 이번 테러에 대한 이슈를 덮기 위해 마무리를 서둘렀다.

괜히 주변을 돌아다니다 냄새를 맡은 기자나 시민들에게 포착되기 전에 자취를 지우려 한 것이다.

그로 인해 개성시 전역에 나가 있던 국정원 직원과 대테러 부대원들을 모두 불러들였다.

하지만 그것이 바로 결정적인 실수였다.

테러에 대한 경험이 없기에 모든 임무가 마무리됐다고 판단한 것이다.

설마 또 다른 테러가 준비되고 있을 줄은 상상도 하지 못한 채.

하지만 그것이 무하메드에게는 회심의 기회가 되어주었다.

"그래? 그렇다면 어서 서둘러라! 저들이 방심하고 있을 때 복수를 완수하는 것이다.”

“알겠습니다.”

탁! 탁!

정황을 파악한 무하메드는 계획을 앞당기기로 마음먹었다.

그의 지시에 따라 테이블 위에서 폭탄을 조립하던 부하들의 손놀림도 바빠졌다.

사실 이들은 지도자인 압둘라에게 임무를 받을 때부터 살아서 고향으로 돌아갈 수 있으리라고는 생각도 하지 않았다.

경전(코란)에 기록된 지하드(성전)을 실천하는 무슬림.

적을 죽이기 위해 자신의 목숨을 초개(草芥)와도 같이 여기는 무슬림의 전사.

그것이 바로 자신들이라 믿고 있는 것이다.

인원수에 맞게 제작을 마친 사내들은 각자 비장한 표정을 지으면 폭탄 조끼를 입었다.

그러고는 그 위로 겉옷을 걸쳤다.

펑퍼짐한 크기의 겉옷은 폭탄 조끼를 빈틈없이 가려주었다.

폭탄 조끼를 두른 IS의 테러범들은 곧 여관을 빠져나와 퍼레이드를 구경하는 인파 속으로 스며들었다.

◈   ◈   ◈

"뭐야? 너희들, 왜 다 들어오는 거야?"

김기춘은 국정원 임시 지휘소로 들어오는 부하들을 보며
물었다.

"3차장님께서 모두 들어오라던데요?"

마침 안으로 들어서던 요원 중 한 명이 2차장 김기춘의
질문에 대답을 하였다.

그에 김기춘은 어처구니없다는 표정으로 물었다.

"야! 이곳 지휘는 내가 맡고 있는데 누구 명령을 받고 들
어와? 이거, 정신머리가 있는 거야, 없는 거야! 너희, 빨리
제자리로 안 돌아가?"

국정원이 벌이는 일이 원체 비밀리에 진행되고, 또 팀별
로 임무가 있어 서로 터치를 하지 않는다고 하지만, 이건
아니었다.

같은 차장이라고 해도 엄연히 급이 다른 법.

오늘 테러 대비에 있어 총괄 지휘를 하는 것은 국내 파트
를 담당하는 자신의 일이었다.

그런데 지금 3차장이 월권을 하였다.

"어서 안 뛰어가!"

머뭇거리는 부하들을 보며 고함을 친 김기춘은 굳은 표정으로 아직 들어오지 않은 3차장에게 무전을 날렸다.

"3차장, 지금 뭐하는 짓이야! 지금 시국이 어떤 상황인데 요원들을 들여보내는 거야!"

김기춘은 3차장인 장세용이 있을 것이라 예상되는 곳을 주시하며 소리쳤다.

바로 그 순간, 김기춘의 눈이 더할 나위 없이 커졌다.

그와 동시에 국정원 임시 지휘소 전체가 심하게 흔들렸다.

쾅! 쾅! 쾅!

모니터에 비친 개성 시내 이곳저곳에서 시뻘건 불기둥이 솟아올랐다.

잠시 후, 불길이 가라앉은 뒤로 보이는 주변 일대의 모습은 지옥이 따로 없었다.

자욱하게 피어오르는 검은 연기와 함께 사람들의 육편(肉片)이 거리 여기저기 흩어져 있었다.

뿐만 아니라 불길을 피해 우왕좌왕하는 사람들의 모습으로 인해 거리는 아비규환(阿鼻叫喚)이었다.

툭!

김기춘은 너무도 놀라 손에 들고 있던 무전기를 떨어뜨렸다.

"이게 어떻게 된 일이야!"

어떻게 된 일인지 분간을 할 수가 없었다.

분명 제보를 받고 완벽하게 준비를 마쳤다.

덕분에 끔찍한 참사가 터지기 전에 테러리스트들을 일망타진할 수 있었다.

분명 그렇게 되었는데…….

비록 장세용 3차장에게 따지려 했지만, 이런 일이 벌어지리라고는 꿈에도 생각을 못했다.

아까 전 총격전을 끝으로 테러 시도는 모두 끝이라 생각한 것이다.

그런데 폭탄 테러가 발생한 것이다.

때문에 김기춘은 지금 정신을 차릴 수가 없었다.

2.
테러 발생

파주, 국군 무기 시험장.

커다란 벙커 안에서는 하얀 가운을 입은 사람들이 분주하게 움직이며 어떤 기기를 점검하고 있었다.

그리고 그들과 조금 떨어진 곳에서는 회색빛 정비복을 입은 엔지니어들이 비행기를 점검하고 있었다.

"자자, 서두르자고. 곧 대통령님과 귀빈들이 우리 귀염둥이를 보기 위해 오신다고 하니, 어서 마무리하자고!"

반짝이는 은회색 정장을 말끔하게 차려입은 남자가 분주히 움직이고 있는 연구원과 엔지니어들을 보며 소리쳤다.

은회색 정장을 입은 이는 바로 천하 디펜스의 상무이사인 정수현이었다.

X—4의 성능 시연의 사회자로 내정된 정수현은 대통령과 귀빈들을 맞을 준비에 여념이 없었다.

오늘 시연을 보일 X—4는 그동안 시험에 참여한 다섯 기의 프로토타입 중 정비를 하기 위해 라이프 메디텍 파주 연구소에 입고된 1기를 뺀, 총 4기였다.

이번에 귀빈들을 모시고 선보일 것은 수직 이착륙에 대한 시범비행이었다.

미국의 통합 지원 전투기인 F—35나 이제는 유물이 되어버린 영국의 AV—8 헤리어처럼 X—4는 수직 이착륙도 가능한 스텔스 전투기였다.

수직 이착륙이 가능하다는 의미는 그 효용성이 이루 말을 할 수 없이 다양하다는 뜻이기도 했다.

먼저 일반 비행기들처럼 이륙하기 위해 긴 활주로가 필요하지 않았다.

뿐만 아니라 몰래 숨어 있다가 갑자기 등장을 할 수가 있으니 그 어떤 작전에도 유용했다.

그런 이유로 X—4의 시연이 끝난 뒤 내외국의 귀빈들이 보일 반응을 예상하며 정수현은 살짝 미소를 지었다.

아마도 다들 놀라다 못해 넋이 나갈 것이 분명했다.

GREAT
그레이트 코리아
KOREA

그렇게 뿌듯한 마음으로 벙커 한쪽에 마련된 단상에서 준비한 원고를 다시 한 번 들여다보며 정수현은 재차 연습을 했다.

국군 무기 시험장 입구로 흙먼지를 일으키며 다수의 차량이 접근하였다.

끼익!

"각하, 이쪽으로 들어가시지요."

차량이 멈추자 경호원들이 주변을 경계했다.

뒤이어 차에서 내린 길성준 비서실장이 문을 열어주며 윤재인 대통령을 안내하였다.

그런 후, 차기 대통령 내정자인 정명수가 대통령 경호 차량에서 내렸다.

두 사람이 함께 차를 타고 이곳에 온 것이다.

사실 임기 말의 현직 대통령과 차기 대통령 내정자가 함께 국가 행사에 참여하는 것은 전혀 이상한 일이 아니었다.

두 사람이 같은 정책을 이어가겠다는 의지를 표명하는 모습이기 때문이다.

그 뒤를 이어 도착한 차량에서 내외국의 귀빈들이 하나둘 내리더니 기대감에 부푼 표정으로 주위를 둘러보았다.

그러고는 윤재인 대통령과 정명수 대통령 내정자가 향하는 벙커에서 시선이 멈췄다.

"이쪽으로 가시면 됩니다."

곧 몇 명의 관계자가 다가와 그들을 안내했다.

벙커 입구에는 검은 정장을 입은 사내들과 정장에 하얀 블라우스를 입은 어여쁜 아가씨들이 양쪽으로 길을 만든 채 서 있었다.

행사요원으로 보이는 사내들은 벙커로 들어서는 귀빈들에게 팸플릿을 나눠 주었다.

그에 맞춰 곁에 선 여성들은 오늘 시연을 보일 X―4의 모형을 건넸다.

이들은 모드 천하 디펜스의 직원들로, 오늘의 행사를 위해 많은 것을 준비한 터였다.

사실 오늘 이 자리는 대한민국이 신형 스텔스 전투기를 개발했다는 것을 알리는 것만이 전부가 아니었다.

뛰어난 성능을 자랑하는 X―4의 면모를 드러내고 관심을 보이는 나라에 판매를 하기 위한 자리이기도 했다.

이미 이 자리에 선 외국 귀빈들은 개성에서 군사 퍼레이드를 보면서 대한민국의 군수장비들에 호감이 급증한 상태였다.

하나같이 첨단기술이 집약되어 보이는데다 겉으로 드러난 위용만으로도 절로 구매욕을 자극한 것이다.

그런데 윤재인 대통령이 행사가 끝나지도 않았는데 자신들을 불러 모으는 것이 아닌가.

자연스레 기대감이 치솟았다.

과연 이번에는 어떤 대단한 무기를 보여줄지.

그런데 스텔스 전투기라는 말을 듣게 되니 고개를 갸웃거릴 수밖에 없었다.

다른 군사 장비와 다르게 전투기는 무척이나 기술집약적인 무기였다.

소위 말하는 강대국을 제외하고는 전투기를 만든다는 것은 꿈같은 일이었다.

물론 대한민국이란 나라가 자체적으로 전투기를 만든다는 것이 아주 불가능한 일은 아니었다.

이미 초음속 훈련기를 만들기도 했고, 훈련 기종에 개조를 해 공격기를 만들기도 했으니 기술이 없지는 않을 터였다.

그러나 다른 육상 병기에 비하자면 전투기 개발 분야에 있어서는 많이 뒤처지는 게 사실이었다.

그런데 난데없이 스텔스 전투기를 보여주겠다고 하니, 내외빈들로서는 어떻게 받아들여야 할지 갈피를 잡을 수가 없었다.

하지만 윤재인 대통령까지 나서서 시범을 보이겠다는 것을 보니 아주 허풍은 아닌 듯 보였다.

그렇다면 중요한 것은 과연 지금 보여주는 스텔스 전투기의 성능이 어떨까라는 점이었다.

"대사님, 이게 사실일까요?"

사이고 다카모리가 옆에서 걷고 있는 다나카 일본 대사를 보며 물었다.

그는 지금 나카모토 아오키라는 가명으로 다나카 일본 대사를 수행하는 중이었다.

하지만 다나카 대사로서는 그야말로 어이가 없는 일이었다.

사이고 다카모리가 누구던가.

일본의 정보를 총괄하는 이가 바로 그였다.

"정보를 다루는 부장이 모르는 것을 낸들 알겠나?"

다나카 대사는 사이고의 물음에 건성으로 대답을 하고는 시계를 잠시 들여다보았다.

"그나저나 얼추 시간이 된 것 같은데 말이야……."

주어가 빠진 말이지만, 그 안에 담긴 내용을 못 알아들을 사이고가 아니었다.

"조금 있으면 소식이 전해지겠지요. 이곳은 개성과 멀리 떨어져 있어 안전할 테니 걱정 마십시오."

"그래도……."

사이고 다카모리가 자신감 있게 말을 하였지만, 그럼에도 다나카 대사는 안심이 되지 않았다.

사실 일본인은 다른 어떤 것보다 핵(核)이란 것에 무척이나 민감한 반응을 보였다.

그도 그럴 것이, 일본은 세계에서 유일하게 핵폭탄의 공격을 받은 나라다.

뿐만 아니라 러시아의 체르노빌에 이어 두 번째로 핵발전소의 방사능 유출이 발생한 나라이기도 했다.

후쿠시마에서 발생한 방사능 누출은 죽음의 땅을 현세로 소환시킨 것 같은 결과를 가져왔다.

일본 정부는 방사능 누출에 대한 피해 보고를 감추며 언론을 호도하고 있지만, 이미 현실적으로 방사능 오염의 사례가 속속 드러나고 있는 중이다.

어쨌든 그런 일들이 있고 보니 당연 핵이란 것에 민감한 반응을 보일 수밖에 없었다.

"고작 전술핵입니다. 예상되는 피해라 해봐야 시내를 벗어나지 못합니다.”

사이고는 폭발 범위가 5㎞ 정도에 지나지 않을 거라며
안심을 시켰다.

당연히 지금 자신들이 있는 파주와의 거리가 충분한 만큼
걱정할 필요가 없다는 것이었다.

“알겠네. 그런데 이후의 계획은 차질 없이 진행되는 것인
가?”

작은 목소리로 물어오는 다나카 대사의 말에 사이고 다카
모리는 살짝 인상을 찌푸렸다.

윤재인 대통령이 예상과 다르게 행동을 할 때부터 다나카
대사가 불안증상을 보이고 있는 탓이었다.

현재 중국, 한국, 일본, 이 동북아 3국의 정국은 무척이
나 예민한 상태였다.

한국의 급부상으로 말미암아 첨예한 정보전이 벌어지고
있으며, 자칫 약점을 보이게 된다면 어떤 일이 벌어질지 알
수 없는 오리무중(五里霧中)의 초긴장 상태인 것이다.

물론 그것은 정보를 다루는, 자신과 같은 분야에 있는 사
람들만이 느끼는 것이라 일반에는 공개가 되지 않았다.

그렇지만 한 국가를 대표하는 위치에 있는, 다나카 대사
와 같은 이들은 어느 정도 현 상황을 알고 있었다.

그러니 지금도 이렇게 긴장을 하는 것이기도 했다.

자칫 잘못하다가는 재판에 회부될 수 가능성도 존재했다.

아무리 대사에게 면책특권이라는 권리가 있다지만 한 국가에 테러를 자행하는 데 동조를 했다면 그건 또 다른 문제였다.

한편, 다나카 대사와 사이고 NNSA 부장이 조심스레 대화를 주고받고 있을 때, 조금 떨어진 곳에서도 비슷한 대화가 오가고 있었다.

"리 부장."

"예, 대사님."

"한국이 스텔스 전투기를 개발했다고 하는데, 그것이 사실인가?"

"음, 아무래도 사실인 것 같습니다."

한국 주재 중국 대사인 주방원은 리정안 MSS 부장의 말에 표정이 굳어졌다.

"그럼 계획은 어떻게 되는 것인가?"

주방원은 설마 한국도 스텔스 전투기를 개발했을 것이란 생각을 하지 못하였다.

그렇기에 육상 전력은 밀리더라도 공군력은 압도적으로

우세하기에 한국과 전면전이 벌어진다 해도 걱정을 하지 않았다.

그런데 만약 한국이 스텔스 전투기를 보유하였다면, 그건 큰 문제가 아닐 수 없었다.

"그럼 문제이지 않나? 육군 전력은 이미 우리가 열세란 것이 3년 전에 이미 드러나지 않았나. 그나마 우세가 확실한 공군 전력마저 비슷해졌다면 우리의 계획에 큰 차질이 예상이 되는데 말이야."

주방원은 심각한 표정으로 말을 꺼냈다.

한국의 스텔스 전투기 개발은 그동안 수립해 온 전략에 있어 크나큰 변수인 탓이었다.

"대사님, 그건 전혀 문제가 되지 않습니다."

"아니, 그건 또 무슨 소린가? 문제가 되지 않는다니?"

"한국이 스텔스 전투기를 개발했다고 해도 실전 배치까지는 아직 몇 년의 시간이 필요할 것입니다. 그러니……."

"아, 그렇지. 내가 잠시 착각을 했군."

그제야 주방원은 마음을 놓을 수 있었다.

사실 스텔스 전투기를 개발했다 해도 바로 전력이 되기는 어려웠다.

일선 부대에 배치하기까지 많은 시행착오를 거치기 때문

GREAT
그레이트 코리아
KOREA

이다.

그런 이유로 안정적인 전력화를 이루기까지는 아직 시간적 여유가 있었다.

생산 라인의 구축에도 상당한 시간이 소요될 것이다.

전투기란 무기는 개인 장구류와 다르게 뚝딱 만들어낼 수 있는 것이 아니다.

전투기 한 기를 생산하는 데 들어가는 자금과 시간은 그야말로 막대하기에 기술이 있다고 하여 쉽게 생산해 내지도 못한다.

그러니 당연하게 일선 부대에 실전 배치되기까지는 오랜 시간이 걸리는 것이다.

중국으로서는 아직 시간적 여유가 있었다.

"그럼 한국이 신형 전투기로 무장을 하기 전에 미리 공격을 해야겠군.'

"그렇습니다. 생산을 하기 전에 미리 한국을 점거하면 오히려 우리 중국이 그 기술과 장비를 차지할 수 있습니다."

리정안의 말을 들은 주방원은 입가에 만족스런 미소를 지었다.

자신이 대사로 있을 때 한국을 점령하게 된다면, 자신의 위상은 더욱 높이 올라갈 것이다.

어쩌면 1등 서기가 될 수도 있을 것이란 생각이 들었다.

모든 일이 계획대로만 이루어진다면 결코 허황된 이야기만은 아니기에 주방은은 기분이 좋아졌다.

두 사람이 자신들만의 망상에 빠져 이야기를 주고받으며 걸어가고 있을 때, 이들의 대화는 누군가에 의해 착실히 녹취(錄取)되고 있었다.

"지금 보고 계시는 것이 바로 저희 천하항공과 라이프 메디텍 연구소가 손잡고 개발한 스텔스 전투기, X—4입니다."

정수현은 귀빈석에 앉아 있는 귀빈들을 향해 천하항공에서 개발한 스텔스 전투기 X—4를 공개하며 자부심을 한껏 드러냈다.

그와 동시에 하얀 천에 가려져 있던 X—4가 모습을 드러냈다.

그러나 정수현은 곧 고개를 갸웃거릴 수밖에 없었다.

새로운 스텔스 전투기가 공개되었는데, 사람들의 반응이 너무도 이상한 것이다.

귀빈석에 있는 사람들의 표정은 감탄보다는 의아하다는 반응에 가까웠다.

그도 그럴 것이, 눈앞에 공개된 스텔스 전투기의 모습이 생각하던 것과 너무도 달랐기 때문이다.

일단 전투기의 형태인 것은 비슷했다.

하지만 그것이 전부였다.

사실 스텔스 전투기의 가장 중요한 특성은 레이더에 포착되지 않는다는 것이다.

그런 이유로 레이더 파의 반사각을 줄이기 위한 디자인 등의 문제로 어느 정도 형태가 정형화되어 있었다.

세계 최강의 스텔스 전투기라 알려진 미국의 F—22 랩터나 러시아의 T—50 파크파, 중국의 J—20과 J—31, 그리고 일본의 F—3 심신 등의 모습이 대동소이(大同小異)한 형태를 띠고 있는 것도 그러한 이유에서였다.

그런데 지금 눈앞에 공개된 X—4는 전혀 그렇지 않았다.

스텔스 설계와는 무관해 보이는, 아니, 오히려 일반 전투기와 비슷한 디자인이었다.

웅성웅성!

당황한 귀빈들로서는 자연 웅성거릴 수밖에 없는 노릇이었다.

하지만 정현수는 그에 아랑곳 않으며 꿋꿋하게 X—4에 대한 설명을 이어 나갔다.

"그럼 지금부터 눈앞으로 보이는 X—4의 제원에 대해 설명드리겠습니다. 기본 탑승 인원이 한 명인 본 전투기는 전폭 13.68m, 전장 18m, 전고 4.88m에 이르는 몸체를 가지고 있습니다. 또한 자체 중량 12.8톤에 최대 이륙 중량 45톤을 소화합니다. 최대 속도는 마하 3.0입니다. 기본 무장으로는……"

수현의 말이 이어질수록 사람들의 웅성거림은 더욱 커져 갔다.

이는 당연한 일이었다.

지금 수현이 쏟아내고 있는 말을 어떻게 받아들여야 할지 제대로 판단을 내리기가 쉽지 않은 탓이었다.

그의 말이 사실이라면 X—4의 제원이 세계 최강 전투기라 불리는 F—22를 훌쩍 능가하는 것이기 때문이었다.

하지만 더욱 놀라운 사실은 따로 있었다.

눈앞에 있는 X—4의 실제 무장은 더 강력하다는 사실이다.

사실 신무기의 시연을 보일 때 결정적인 비밀을 공개하지 않는 것은 너무도 당연한 일이었다.

그렇기에 지금 공개하는 X—4의 무장에 대해서도 어느 정도 진실을 감춘 채 선을 보이는 것이었다.

그 감춰진 진실이란 바로 X—4의 근접전 무기인 30㎜ 레일건이었다.

현재 시범을 보일 X—4는 일부러 원래 기본 무장인 30㎜ 레일건을 해제하고 30㎜ 기관포를 장착한 터였다.

정수현은 무장에 관한 설명을 할 때 그 부분은 쏙 빼놓았다.

하지만 그 정도만으로도 X—4는 다른 나라의 스텔스 전투기들을 몇 단계나 훌쩍 초월한 셈이었다.

세계 최강의 전투기라 불리는 F—22 랩터조차도 최대 이륙 중량이 36톤 정도에 지나지 않는다.

그것도 스텔스 기능에 대한 무시하고 외부 무장을 했을 경우에 한해서였다.

그런데 지금 소개되는 X—4는 기본적인 내부 무장뿐 아니라 외부 무장까지 가능하다고 하니 논란이 생기지 않을 수가 없었다.

"록히드 사의 기술 이사인 제럴드 폰이라고 합니다. 방금 한 말이 모두 사실입니까? 내부 무장뿐만 아니라 외부 무장까지 하고도 스텔스 성능을 발휘한다는 것이?"

도무지 믿기 힘든 설명에 귀빈 중 한 명이 손을 들고 발언권을 얻어 질문을 하였다.

정수현은 당황하지 않고 차분하게 대답을 들려주었다.

"그렇습니다. 방금 들으신 것처럼 저희가 개발한 X—4는 기존의 형상 스텔스 방식을 벗어나 플라즈마 스텔스 방식을 채택하여 성능을 향상시켰습니다. 그러하였기에……."

정수현의 설명을 들으면서도 제럴드 폰은 그 말을 쉽게 믿을 수가 없었다.

한국은 10년 전만 해도 전투기 생산 기술을 구걸하던 나라였다.

그런데 고작 10년이라는 시간 만에 자신들의 기술을 초월했다는 말이나 다름없으니 쉽게 받아들일 수가 없는 것이다.

이는 상식적으로 말이 되지 않는 소리이기도 했다.

하지만 이어진 부연 설명에 결국 그도 납득할 수밖에 없었다.

"물론 천하항공만의 개발 작업이었다면 성공할 수 없었을 것입니다. 하지만 4년 전 플라즈마 실드 발생 장치라는 획기적인 장치를 개발하신 정수현 박사가 참여하여 X—4의 80% 이상을 설계하였습니다."

GREAT
그레이트 코리아
KOREA

X—4를 설계한 것은 수한이 맞다.

그리고 그 본바탕은 미국의 해군 전투기인 F/A—18E/F 슈퍼 호넷이다.

하지만 내부 설계는 수한의 독창적인 기술을 집약한 것으로, 탄소섬유보다 가볍고 강한 재료를 개발하여 동체를 만들었으며, 전투기의 눈에 해당하는 레이더 또한 독자적으로 개발을 한 것이다.

이미 그가 참고 삼을 레이더는 국내에도 많은 터라 별 어려움이 없었다.

물론 전투기에 맞게 개량을 하는 것을 별개의 문제지만, 이미 인간을 초월한 두뇌를 가진 수한에게 그건 그리 어려운 일도 아니었다.

아무튼 마법과 결합된 과학은 인간이 상상하는 사고의 범위를 벗어난 결과물을 만들어냈다.

그리고 수한은 X—4에 비행이나 시스템을 컨트롤하는 슈퍼컴퓨터 대신 인공지능 컴퓨터를 집어넣었다.

원래 인공지능 컴퓨터는 K—3 백호의 플라즈마 실드 발생 장치를 보완하기 위해 개발하던 중이었는데, 사실 전차인 K—3보다는 전투기인 X—4가 시스템적으로 더욱 복잡한 통제가 필요하기에 탑재한 것이었다.

사실 전차야 땅에서 굴러가는데다 승무원도 세 명이나 되기에 굳이 플라즈마 실드 발생 장치를 효율적으로 통제하기 위해 인공지능 컴퓨터까지 넣을 필요가 없었다.

　하지만 1인승인 X—4는 달랐다.

　그렇지 않아도 전투기 조종사는 비행 중 숙지할 것도 많고, 또 전투 중이라면 무기까지 선택하고 적기를 조준해야 하는 등 할 일이 많았다.

　그런데 거기에 플라즈마 방식의 스텔스 시스템까지 운영하려면 일이 너무도 많았다.

　그래서 수한은 어차피 전투기 제어를 위해선 슈퍼컴퓨터가 들어간다는 것을 감안하여 인공지능 컴퓨터로 대체한 것이었다.

　수한이 슈퍼컴퓨터 대신 인공지능 컴퓨터를 넣은 덕분에 X—4의 조종사는 비행 중 조종만 신경 쓰는 것으로 임무가 단순화되었다.

　그리고 전투가 벌어진다 할지라도 인공지능의 보조를 받아 보다 수월하게 적을 상대할 수 있게 된 것이다.

　물론 인공지능이 탑재된 X—4는 전적으로 대한민국 공군에게만 들어갈 시스템이었다.

　만약 외국과 X—4의 구매 계약이 맺어진다면 인공지능

컴퓨터는 배제되는 게 당연했다.

아무래도 아직까지 인공지능 컴퓨터는 전 세계적으로도 연구 개발에 들어서는 걸음마 단계에 불과하기 때문이었다.

인간처럼 사고하고 판단을 내리는 프로그램은 개발자들의 오랜 꿈이지만, 아직까지 현실에 접목하기에는 시기상조(時機尚早)였다.

우당탕탕!

X—4의 시연이 한창 펼쳐지고 있는 파주 국군 무기 시험장에 일단의 경호원들이 급히 들어왔다.

난데없는 소란 때문에 시연을 지켜보던 귀빈들의 시선이 모여들었다.

"길 실장, 무슨 일인가?"

윤재인 대통령은 급히 다가오는 길성준 비서실장에게 무슨 일인지 물었다.

길성준 비서실장은 침중한 표정을 짓고는 대통령의 귀에 작은 목소리로 현 상황을 들려주었다.

"각하, 조금 전 개성에서 테러가 발생하였다고 합니다.

어서 청와대로 돌아가셔야겠습니다.”

“뭐, 뭐요?”

윤재인 대통령은 방금 자신이 들은 말을 도저히 믿을 수가 없었다.

치안이 그 어느 나라보다 탄탄한 대한민국에 테러라니.

그 말을 믿을 수가 없어 윤재인 대통령은 자신도 모르게 큰 소리를 냈다.

당황하는 대통령의 모습에 주변에 있던 귀빈들도 덩달아 불안한 표정이 되었다.

윤재인 대통령의 반응에서 뭔가 큰 사단이 벌어졌음을 짐작한 것이다.

순간, 자신의 실수를 깨달은 윤재인 대통령은 금세 평정을 되찾고는 장내를 진정시켰다.

“장내에 계신 귀빈 여러분, 송구스럽지만 현재 큰 문제가 발생해 공군의 시연을 중단하게 되었습니다. 그 점 양해해 주시기 바랍니다.”

윤재인 대통령은 행사 중단을 선언하고는 벙커 밖에 대기하고 있던 경호 차량에 올랐다.

그러고는 지체 없이 무기 시험장을 빠져나갔다.

내외국 귀빈들은 자세한 설명도 없이 시연이 중단되고 윤재인 대통령이 사라지자 일순 혼란에 빠졌다.

그러다 군인들이 안내를 시작하자 그제야 정신을 수습하고는 순서대로 시험장을 빠져나갔다.

한바탕 소란이 지난 후, 무기 시험장에는 정적이 감돌았다.

몇 날 며칠 동안 오늘의 행사를 위해 노력한 천하항공 직원들과 정수현 상무, 그리고 라이프 메디텍의 연구원들만 남게 된 것이다.

"이거, 뭐가 어떻게 되는 거야?"

횅해진 벙커 안을 둘러보던 정수현은 허탈한 마음에 힘없이 중얼거렸다.

비단 정수현만의 심정이 아닌 듯 주변에 있던 이들 모두 침통한 표정을 짓고 있었다.

"테러라니, 대체 그게 무슨 말인가?"

조금 전 간략하게 이야기를 듣기는 했지만, 아직 자세한 정황은 보고 받지 못한 터였다.

그랬기에 윤재인 대통령은 청와대로 향하는 차 안에서 길성준 비서실장에게 자세한 내용을 물었다.

"실은⋯⋯."

길성준 비서실장은 윤재인 대통령의 질문에 자신이 알고 있는 내용을 그대로 전달하였다.

"그러니까 국정원에서 테러 시도가 있을 것을 사전에 인지하고 만반의 준비를 했다. 그리고 작은 피해는 있었지만 테러를 준비하던 구 북한군들을 일망타진하였는데, 또 다른 조직이 자살 폭탄 테러를 자행했다는 말인가?"

"그렇습니다⋯⋯."

길성준 비서실장은 마치 자신이 죄를 짓기라도 한 것처럼 침통한 목소리로 대답을 하였다.

"음, 그럼 자살 폭탄 테러를 자행한 조직은 어딘가?"

"그게⋯ 아직은 테러가 발생한 지 얼마 되지 않아 진상을 파악하기가 쉽지 않습니다. 다만, 구 북한군 인원 중 자수를 해온 이들의 말에 따르면, 중국과 연관이 있다는 내용이 있었습니다."

"뭐요? 중국? 아니, 그들이 대체 무엇 때문에 그런 짓을 벌인단 말입니까?"

"자세한 사항은 저도 아직 전달 받지 못하였습니다. 일단 테러 제보를 해온 사람이 예전 통일전쟁 당시 금강산으로 숨어든 인물이라고 합니다. 그가 말하길, 장영철 대좌란 자가 중국 지도부와 모의를 하여 테러를 준비했다고 합니다."

길성준 비서실장은 자신이 파악한 부분에 대해 답을 해주었다.

그중 중국의 존재가 언급되자 윤재인 대통령은 인상을 구겼다.

조금 전까지만 해도 중국 대사는 자신과 얼굴을 맞댄 채 덕담을 주고받지 않았던가.

그런데 이미 몇 달 전부터 테러를 계획했다니.

그야말로 웃는 얼굴 뒤로 칼을 찌른 격이었다.

'이건 그냥 넘어갈 일이 아니다. 본때를 보여줘야 할 일이야.'

윤재인 대통령은 금번 테러에 대해 결코 좌시하지 않을 것을 다짐했다.

배후를 철저히 파헤쳐 엄중 항의를 하고, UN에 제소하여 책임을 물을 것이다.

오늘날 전 세계는 테러로 인해 몸살을 앓고 있는 상태나 다름없었다.

IS로 대변되는 수니파 극단주의 과격 테러 분자들의 무차별적 테러를 겪으면서 미국이나 유럽의 국가들은 물론이고, 전 세계적으로 테러는 용납되어선 안 된다는 인식이 뿌리 내리고 있는 참이었다.

사실 그동안 대한민국은 테러와는 먼 나라처럼 여겨졌다.

물론 국가 내부적인 갈등이 없는 것은 아니었다.

다문화 가정이 늘어나면서 인종이나 종교 간의 심각한 사회문제가 쌓여가는 추세였다.

비록 테러는 발생하지 않았지만, 언제든 문제가 발생할 수 있다고 전문가들은 경고를 했다.

하지만 무엇보다 테러라는 극단적인 사고가 터지지는 않은 이유가 있었다.

기본적으로 대한민국은 총기와 화약의 관리가 철저했다.

공항에서부터 철저한 검색을 통해 총기류의 반입을 엄금하지만, 그 외에도 사회 내부적으로 총기에 대해 엄격한 기준이 세워져 있는 것이다.

사정이 그러다 보니 총이나 화약을 쉽게 구할 수가 없었다.

게다가 총기 사고나 폭발 사고가 발생하면 경찰이 수사를 하는 게 아니었다.

마치 국가 전복을 꾀한 것마냥 군대가 나서서 철저하게 관련 사실을 파악하는 것이 기본적인 절차였다.

결벽증이라도 걸린 것처럼 총기 문제에 대해서는 한 치의 용서도 보이지 않는 것이다.

그러다 보니 총기나 화약을 이용한 테러는 지금껏 발생하지 않았다.

당연히 테러 안전 국가라는 타이틀도 갖고 있었다.

한데 금번 폭탄 테러로 인해 그런 이미지가 훼손되고 말았다.

이는 당장 테러로 인한 희생자만의 문제가 아닌 것이다.

현재 유럽이나 중동에서는 끊임없는 테러 탓에 관광객이 줄어드는 상황이었다.

그에 반해 대한민국은 통일을 이루면서 관광객들이 몰려들었다.

강력한 치안과 함께 아직 개발이 이루어지지 않은 자연 그대로의 모습을 간직한 장소가 많은 이들에게 관심을 불러일으킨 것이다.

당연하게도 이는 많은 외화를 벌어들일 수 있는 기회였다.

한데 이번 테러로 인해 그런 이미지에 금이 갈 것은 불을 보듯 뻔한 일이었다.

테러에서 안전한 나라라는 명예를 되찾기 위해선 한시바

삐 테러의 배후를 찾아 척결해야 하는 것이다.

◆　　　◆　　　◆

"작전이 성공하였다. 다음 단계로 넘어가기 바란다."

누군가와 통화를 하는 리정안을 말없이 지켜보던 주방원은 차의 시트에 몸을 파묻으며 물었다.

"리 부장, 이제 난 어떻게 하면 되는 것인가?"

테러가 성공하였다.

이제 다음은 비밀리에 준비한 인민해방군을 투입하는 일만 남았다.

그렇게 되면 전쟁이 시작되는 것이다.

주방원으로서는 그전에 신변 안전을 확실하게 체크하는 게 당연한 일이었다.

"이제 당에서는 구 북한 지휘부의 요청으로 북한을 불법 점령한 한국에 선전포고를 할 것입니다. 그동안 대사님은 대사관에 머물다가 때를 맞춰 철수 선언을 하고 오시면 됩니다."

리정안 국안부장에게 앞으로의 대처 방안에 대해 이야기를 들은 주방원 대사는 굳은 표정으로 고개를 끄덕였다.

태연하게 전쟁에 대한 대화를 나누면서도 두 사람은 전혀 불안한 모습이 아니었다.

3년 전, 일방적으로 괴멸 당했으면서도 정신을 차리지 못한 태도였다.

자신들의 조국인 중국이 변방인 한국을 능가하는 게 당연하다고, 자신들은 대국이기에 소국인 한국에 질 것이라고는 전혀 생각하지 않았다.

개성에서의 테러 발생 소식은 삽시간에 퍼져 나갔다.

대한민국 전역은 물론이고, 전 세계에 긴급 토픽으로 전파되었다.

갑작스러운 통일 과정에서 사회적 혼란을 피하기 위해 군정을 실시해 온 대한민국 정부는 이번 국군의 날 군사 퍼레이드를 대대적으로 준비해 왔다.

군정 종료와 함께 통일 대한민국이 안정권에 들어섰다는 것을 만방에 알리려는 의도인 것이다.

그런 이유로 다른 때보다 많은 내외국 귀빈들을 모시고 행사를 실시하였다.

통일 대한민국의 힘을 선보이기 위해 정예 군인들은 물론이고, 신형 무기나 군 장비들을 대거 동원하여 화려한 볼거리는 기본이었다.

그 때문에 대한민국의 명품 무기들을 구경하기 위해 많은 외국 귀빈들이 몰려들었다.

그런데 그 와중에 폭탄이 터진 것이다.

대한민국은 큰 혼란에 빠졌다.

누가 무엇 때문에 테러를 벌인 것인지 알 수 없는 노릇이라 더욱 그러하였다.

그런데 주범임을 자처하는 단체가 나타났다.

그들은 자신들의 행위가 성전(聖戰)이며, 제2, 제3의 테러가 더 준비되어 있다고 주장하였다.

— 2027년 10월 1일, 오전 11시 30분에 발생한 테러는 위대한 신의 전사인 우리 IS가 한 일이다. 한국은 감히 우리 위대한 신의 전사들의 행보를 가로막았을 뿐 아니라 쿠웨이트에서 우리의 성전을 방해했다. 이는 우리 무슬림 전사들을 무시하는, 중대한 잘못이다. 감히 그런 잘못을 저질렀으니 언제 어느 때든 피의 보복을 받을 것이다. 전 세계에 경고한다. 침략자들은 우리의 땅에서 모두 나가라. 그렇지 않을 때는 제2, 제3의 보복을 받을

것이다. 알라는 위대하시다.

　10분이 채 되지 않는, 짧은 동영상.
　그렇지만 전 세계는 다시 한 번 IS의 테러에 분노했다.
　강력한 치안을 자랑하는 대한민국에서 테러가 일어났고, 무려 1,000여 명에 가까운 사상자가 발생하였으니, 이는 당연한 일이었다.
　대한민국 정부는 발 빠르게 대처를 해나갔다.
　테러로 인해 피해를 입은 이들에게 충분한 보상을 약속했다.
　그와 동시에 이번 테러의 주범이라 주장하는 IS에는 전쟁을 선포하였다.
　강한 의지를 표명하는 대한민국 정부의 태도에 대한민국 국민은 물론, 전 세계의 사람들이 강한 지지를 보냈다.
　그런데 참으로 아이러니한 것은 IS에 대한 전쟁을 선포한 것 때문에 대한민국 국회에서는 연일 큰소리가 벌어지고 있었다.
　정부가 쓸데없이 나서서 또 다른 테러를 불러일으킨다는 것이 그들이 큰소리를 치는 근거였다.
　당연하게도 정부의 행보에 제동을 걸기 위한 핑계일 뿐이었다.

마치 자신만이 대국적인 그림을 그린다는 양 떠들어 대는 것이다.

물론 그 속에는 어떻게든 나서서 눈에 띄어 보려는 얄팍한 계산이 깔려 있을 뿐이지만.

어쨌든 일부 몰지각한 국회의원들이 정부를 비판하는 동안 국민들의 정부에 대한 지지율은 역대 그 어느 때보다 더 높은 현상을 보이고 있었다.

정부의 IS에 대한 전쟁 선포가 발표되자 국민들은 열렬히 환영하며 지지를 표했다.

일부에서는 전역을 앞둔 장병들이 전역 연기를 신청을 하였고, 또 일부 예비역들은 재입대 신청을 위해 병무청으로 몰려들기도 했다.

신기하게도 그런 현상은 남쪽에서만 벌어지는 것이 아니었다.

이제 군정이 끝나 자유가 보장된 북쪽 주민들 중에도 그런 움직임이 줄을 이었다.

통일이 된 지 이제 겨우 3년밖에 지나지 않았지만, 북한 지역 주민들은 달라진 삶을 무엇보다 확실하게 느끼고 있었다.

예전 북한 정권의 지배를 받을 때와는 비교도 할 수 없는 게 바로 지금의 삶이었다.

굶주림 속에서 겨우겨우 생을 연명하던 때와 달리 지금은 삶이라는 즐거움을 만끽할 수 있었다.

그렇기에 지금의 삶을 파괴하려는 집단을 가만히 두고 볼 수 없다는 것이 그들의 판단이었다.

무엇보다 테러가 발생한 지역이 바로 개성이었다.

자신들의 터전에, 기껏 인간다운 삶을 살아가려는 찰나에 감히 재를 뿌리는 행위였다.

이슬람 성전이라는 말 따위는 그들에게 우습지도 않았다.

신의 전사라는 그들의 주장과 달리, 북한 주민들에게 그들은 악마와 다를 게 없었다.

당연하게도 입영 신청을 하는 북한 주민들이 줄을 이었다.

내곡동, 국가정보원.

국가정보원은 개성시에서 발생한 테러로 인해 비상이 걸

렸다.

테러 제보를 받은 상태에서 사전에 막지 못한 것 때문에 국민들의 시선은 싸늘하기 그지없었다.

이는 국정원으로서는 마른하늘에 날벼락 같은 일이었다.

사실 10여 년 전까지만 해도 국정원은 대선 개입 등의 많은 구설수에 오르며 국민들의 차가운 시선을 받아왔다.

그나마 오랜 노력을 기울여 겨우 신뢰를 회복해 나가는 중이었는데, 정말 돌이킬 수 없는 실수를 범하고 만 것이다.

명색이 엘리트 자원이 모였다는 국정원인데, 그 명예가 끝없이 떨어졌다.

지난 과거의 잘못을 씻어내기 위해 묵묵히 자신의 일을 해 나가던 요원들의 어깨가 절로 처졌다.

물론 국정원에도 잘못이 있으니 할 말이 없는 건 당연했다.

테러 이후 사건 경과를 조사하던 과정에서 그 원인이 드러난 것이다.

총괄 지휘자의 지시도 없이 현장 요원들을 철수시킨 행위가 바로 그것이었다.

공에 눈이 멀어 월권을 행사한 장세용 3차장의 행위는

IS에게 절호의 기회를 제공한 셈이었다.

그런 사실들이 속속들이 밝혀지자 국민들은 분노를 참지 못했다.

사욕을 위해 공익을 저버린, 무엇보다 국가의 안위를 우선해야 하는 자가 본분을 잊어버린 것이다.

물론 월권을 행사한 장세용 3차장은 바로 직위가 해제되었으며, 이번 테러의 책임을 묻기 위해 구금되어 있는 상태였다.

하지만 그 모든 것은 사후약방문(死後藥方文)에 불과했다.

사람의 목숨은 되돌릴 수 없는 것.

자살 폭탄 테러에 희생된 사람들이 그를 처벌한다고 하여 되살아나는 것은 아니기 때문이다.

탕!

거칠게 방문을 닫으며 실내로 들어선 김세진 국정원장은 사나운 표정으로 주위를 둘러보며 입을 열었다.

"회의 시작하지……."

"예!"

"1차장, 이번 테러가 그들의 주장대로 IS가 벌인 것이 확실한가?"

김세진 국정원장은 분노한 기색을 여실히 드러내며, 마친 상처 입은 맹수가 으르렁대듯 물었다.

테러가 발생하고 30분 즈음이 지난 시각에 IS 대변인이 개성에서의 테러가 자신들의 소행임을 밝혔다.

물론 그 말을 무턱대고 믿을 수는 없으나, 그간 IS가 해온 짓들을 보면 그들이 범인임은 확실해 보였다.

하지만 워낙 살벌한 분위기를 풍기는 탓에 박용식 1차장은 조심스럽게 대답을 하였다.

"아, 네. 현장의 잔해를 조사한 결과, 중동 테러 조직들이 주로 사용하는 방식인 것으로 밝혀졌습니다."

폭탄인 다이너마이트야 어느 곳에서나 쉽게 구할 수 있지만, 기폭 장치는 만드는 방식은 해당 조직마다 조금씩 달랐다.

이번 개성에서 사용된 다이너마이트의 기폭 장치는 중동의 테러리스트들이 자주 사용하는 방식인 것이 확인되었다.

"그럼 이전에 들어온 제보는 뭔가?"

"그건 제가 말씀드리겠습니다."

김기춘 2차장은 김세진 국정원장의 물음에 먼저 나서서 대답을 꺼냈다.

당시 테러 대책 담당자가 바로 자신인 탓이었다.

"그 정보 또한 정확했습니다. 해당 사건은 구 북한군의 중부 전선 지휘관인 장영철이 중국과 손을 잡고 벌인 것으로, 중국이 가족들의 안전과 풍족한 삶을 대가로 한반도에 테러를 모의한 것이라 밝혀졌습니다. 뿐만 아니라 그에 대한 무기 제공은 중국이 맡았는데, 그들은 핵 배낭을 이용한 테러를 계획한 것으로 드러났습니다."

"아니, 뭐야! 그게 사실이야?"

김세진 국정원장은 깜짝 놀라 저도 모르게 반말로 소리를 질렀다.

핵 테러.

듣는 것만으로도 소름이 돋을 정도로 충격적인 내용이었다.

만약 핵 테러가 성공했다면 그 피해는 겨우 몇 천 정도로 끝날 일이 아니었다.

그야말로 끔찍한 대참사가 벌어지는 것이다.

한데 그런 잔혹한 음모를 중국이 꾸몄다는 말에 김세진 국정원장은 큰 충격을 받았다.

그리고 그건 자리에 있는 다른 관리자들 또한 마찬가지였다.

사실 핵 테러 가능성에 대해선 어느 누구도 감히 상상치 못하던 바였다.

설마 한반도 내에서 그런 일을 벌어질 뻔했다니, 이 자리에 모인 이들은 진저리를 쳤다.

"그럼 그건 어떻게 되었습니까?"

급히 정신을 차린 김세진 국정원장은 테러에 이용될 뻔했던 핵 배낭의 행방을 물었다.

김기춘 2차장은 차분하게 대답하였다.

"다행히 장영철 휘하 간부 중 한 명이 중국의 계획을 사전에 파악하고 핵 배낭을 빼돌려 저희에게 자수를 하였습니다. 그에게서 핵 배낭을 확보한 것은 물론이고, 사전에 그들이 테러를 모의했다는 정보까지 취득하게 된 것입니다."

"아, 다행입니다. 정말 다행이에요."

김세진 원장은 그제야 안도의 한숨을 내쉬었다.

하지만 핵이라는 단어가 가지 파괴력이 워낙 컸던 탓에 잠시 회의는 소강상태가 되었다.

그도 그럴 것이, 한반도에 핵 테러가 발생할 뻔했다는 현실에 몸과 마음이 지쳐 버린 탓이었다.

하지만 그도 잠시.

이들에게는 할 일이 있었다.

핵 테러는 미연에 방지했지만, 어차피 그에 대한 일은 관계자 외에는 모르는 사항일 뿐이다.

지금 국민들이 원하는 것은 개성에서 발생한 테러에 대한 전모였다.

국정원으로서는 어떻게든 이번 테러에 대한 결론을 내려야만 했다.

물론 자신들의 행위라 주장하는 자들은 있었다.

이슬람 국가라 불리는 IS.

문제는 그들이 진짜 범인이라 해도 국가정보원으로서는 딱히 할 수 있는 게 없다는 점이었다.

다국적군과 지킴이 PMC로 인해 세력이 많이 감소하긴 했지만, 아직도 그들의 힘은 엄청나다고 볼 수 있었다.

"원장님."

"무슨 할 말이라도 있습니까?"

김석원 5차장이 무언가 할 말이 있는 듯 보이자 김세진 원장이 의견을 물었다.

발언 기회를 얻은 김석원은 진지한 표정으로 입을 열었다.

"저희 국정원의 힘만으로는 IS를 어찌할 수가 없습니다. 그러니……."

"그러니?"

"예. 저희도 지킴이 PMC에 의뢰를 하지요."

"아니, 민간 기업에 의뢰를 하자고요?"

"네. 민간 기업이라고 꺼려하지 마시고, 한 번 생각해 보십시오. 초강대국이라 자부하는 미국조차도 IS의 문제에 대해서는 지킴이 PMC에 의뢰를 하지 않았습니까? 그러니 저희가 그들에게 의뢰를 한다고 해서 누가 뭐라고 하겠습니까?"

"음……."

김석원 5차장의 말에 김세진 국정원장은 짧게 신음을 흘렸다.

사실 김석원 5차장의 말이 그리 틀린 것은 아니었다.

한데 뭔가 찜찜한 기분이 들어 뭐라 확답을 내리기가 애매했다.

잠시 고민하던 그는 마침내 결정을 내렸다.

미국도 했는데 자신들이라고 하지 못할 것도 없다는 생각인 것이다.

"알겠네. 내 각하께 말씀드려 보지."

결국 김세진 원장은 그 방법이 썩 나쁘지 않다는 생각이라 결론 내렸다.

지킴이 PMC가 비록 한 국가 정도의 무력을 가진 것은 아닐지라도 IS와 같은 테러 조직을 상대하기에는 아주 그만이라는 생각이 든 것이다.

그와 함께 지킴이 PMC의 뒤에는 더욱 무서운 존재가 있다는 것을 떠올릴 수 있었다.

어쩌면 이번 테러에 대한 보복으로 그들이 나설 수도 있다는 생각마저 들었다.

'그래. 굳이 의뢰가 아니더라도 정수한 박사에게 이번 테러에 대한 정부의 입장을 잘 설명한다면……'

김세진 국정원장은 지킴이 PMC의 배후에 존재하는 정수한 박사가 민족주의자란 사실을 너무도 잘 알고 있었다.

더욱이 그의 부친은 대한민국의 차기 대통령 예정자가 아닌가.

그러니 이번 테러에 대한 보복을 정부가 천명한다면 분명 그도 도와줄 것이라 확신했다.

머릿속으로 정리를 마친 김세진 원장은 서둘러 회의를 끝내고는 청와대로 향했다.

3.
선전포고

일본 사가현의 중심부에 위치한 비와 호수는 일본 최대의 담수호이다.

비와 호수에는 어패류가 풍부하여 어획량이 많고, 또 진주조개 양식이 성행하기도 했다.

더욱이 호수 연안 일대의 아름다운 자연경관은 많은 이들의 감탄을 자아냈다.

그런 이유로 사적과 명승지는 물론이고, 문화재가 많이 분포되어 있기도 했다.

비와호가 내려다보이는 아름다운 고궁(古宮)의 한곳.

많은 사람들이 마치 고대 왕실을 재연하는 듯한 모습으로

회의를 하고 있었다.

"구로다, 일은 어떻게 되었나?"

이곳 고궁의 주인이자 일왕 요시히토의 동생인 나루히토가 총리인 구로다를 보며 물었다.

"하이! 비록 생각보다 효과가 적지만, 일꾼들이 일을 잘하고 있어 현재 조선은 국론이 분열되고 있습니다."

"좋아."

나루히토는 뭐가 그리 좋은지 입가에 미소를 지었다.

하지만 그것도 잠시.

그는 곧 냉정한 표정으로 다시 입을 열었다.

"이번 기회에 확실하게 반도(半島)를 점령하고, 나아가 대동아 공영을 이룩해야만 한다. 알겠나!"

오래전 실패한, 대동아공영이란 군국주의(軍國主義) 사고를 가지고 있는 나루히토는 서슴없이 망언을 내뱉었다.

그렇지만 이 자리에 있는 어느 누구도 나루히토의 망언을 지적하지 않았다.

그도 그럴 것이, 이 자리에 있는 이들은 모두 나루히토와 같은 생각을 갖고 있는 탓이었다.

80여 년 전 일본 제국이 패망하면서도 사라지지 않은 군국주의의 그림자는 현대에 이르기까지 음지에서 일본을 지배하며 성장해 왔다.

패망 직후, 일본 군국주의자들은 일부 희생자들을 놔두고 음지로 숨어들었다.

그렇지만 음지에 숨었다고 하여 활동을 전혀 하지 않은 것이 아니었다.

일본 왕실의 지원을 받은 그들은 음지에서 독버섯과도 같은 뿌리를 내리며 그 독성을 일본 각지에 퍼뜨렸다.

그리고 그것이 차츰 성장하여 지금의 일본을 만들었다.

한반도에서 발발한 6.25 사변 당시, 연합군의 보급기지 역할을 맡으면서 일본은 경제 도약의 발판을 마련할 수 있었다.

이후 그들은 축적된 부를 통해 은밀하게 일본을 무장시켜 나갔다.

2차 대전에서 패전을 겪으면서 일본은 군대를 가질 수 없다는 평화헌법을 제정하였다.

당장 연합군으로부터 살아남기 위해 비굴한 태도를 드러내며 삶을 모색한 것이다.

이후 그들은 자위대(自衛隊)란 것을 만들어 자국 방어에만 활용하겠다고 전 세계에 약속을 했다.

하지만 그런 약속은 사실 눈 가리고 아웅 하는 행위에 불과했다.

웬만한 국가의 해군력을 상회하는 전력을 보유한 해상 자위대나 최신 전투기 수백 대로 무장한 항공 자위대는 주변국으로부터 끊임없이 의심의 시선을 받았다.

그러다 결국 때가 되자 일본은 본색을 드러냈다.

자위적 선제공격이라는 말도 되지 않는 이상한 논리를 내세우며 사실상 군대나 다름없는 조직이 된 것이다.

그리고 미국의 정책 변화를 유심히 지켜보다 결국 정식으로 군대화를 꾀했다.

이제 정식으로 군대를 가지게 된 일본은 더 이상 예전의 조심스러운 나라가 아니었다.

자신들이 가진 군사력을 잘 알고 있는 일본 정치인들은 다시 한 번 오래전 제국 시대의 영광을 되찾으려 했다.

그들은 팽창하는 중국과도 영토 분쟁을 벌였고, 동맹인 한국과도 끊임없이 문제를 야기시켰다.

매년 방위백서와 어용 단체를 이용해 수시로 쇼를 벌여 댔다.

대한민국의 명백한 영토인 독도를 두고 자국의 땅이라 우기는 것이었다.

그를 통해 일본은 항상 전쟁의 빌미를 만들려고 애를

썼다.

"준비는 착실히 진행되고 있습니다. 미쓰비에서는 연일 전투기와 전차가 생산되고 있으며, 50만 황군이 대기를 하고 있습니다."

"좋아. 그런데 중국의 반응은 어떤가? 계획대로 그들이 먼저 조선에 선전포고를 할 것 같나?"

나루히토는 구로다 총리의 자신만만한 대답에 만족스러워하며 중국의 동향에 대해 질문을 던졌다.

구로다 총리는 기다렸다는 듯이 비굴한 웃음을 지어 보이며 입을 열었다.

중국, 북경.

"이게 어떻게 된 일인가!"

중국 총서기인 주진평은 새로 국안부장이 된 리정안을 돌아보며 호통을 쳤다.

사실 리정안은 국안부 흑검과 함께 비밀 조직으로 분류된 흑화의 수장 자리에 있던 자였다.

흑검이 적대국 요인 암살과 정보 교란이 목적이라면, 흑화는 정보전에 특화된 부서였다.

100만이 넘는 해커 집단.

그것이 바로 국안부 흑화의 정체였다.

100만이나 되는 해커들을 이용해 각국의 정보를 수집하거나 또는 컴퓨터 바이러스를 침투시켜 전산망을 마비시키는 것이 이들의 목적이다.

흑검이나 흑화의 수장은 동급의 지위를 갖고 있었다.

흑검이 육체를 고도로 훈련시킨 암살자라면, 흑화는 두뇌를 쓰는 집단이기에 장위해가 실각하고 난 후, 리정안이 새로운 국안부의 수장 자리에 오를 수 있었다.

아무튼 국안부가 나서서 테러를 모의하였는데, 보기 좋게 실패를 하고 말았다.

물론 엉뚱한 곳에서 테러를 성공시키는 바람에 결과적으로는 계획한 목적을 이루기는 하였다.

하지만 그것은 아주 우연히 그리된 것일 뿐이었다.

상황을 통제하지 못하는 작금의 상황이 주진평으로서는 못마땅했다.

그런 이유로 애초 계획처럼 선뜻 한국에 선전포고를 하기가 꺼려지는 것이었다.

"북한군 중에서 배신자가 나온 것으로 밝혀졌습니다. 그렇지 않았다면 지금쯤 한국은 핵 테러로 인해 큰 혼란을 겪고 있을 테지만……."

리정안은 변명을 해보려 주섬주섬 말을 꺼냈지만, 주진평의 차가운 얼굴을 보고는 이내 입을 다물었다.

"주석 동지, 그래도 우리의 목적대로 한국이 혼란에 빠졌으니, 이번 기회에 복수를 해야 하지 않겠습니까?"

리정안에게는 다행스럽게도 얼른 말을 꺼내는 이가 있었다.

서기처의 1서기인 류지산.

그는 어차피 노리던 바가 이루어졌으니 예정대로 한국에 선전포고를 하고 복수를 하자고 주장하였다.

"그렇습니다. 정보부로부터 들어온 보고를 살펴보니 그들에게 시간을 주면 기회가 없습니다. 한국이 스텔스 전투기를 개발했다고 하는데, 그것이 심상치가 않습니다."

"맞아요. 일본도 분명 한국의 스텔스 전투기를 노릴 것이 분명합니다. 일본이 손을 대기 전에 우리가 먼저 그것들을 차지해야 합니다."

전인대 상무위원인 장거장 또한 류지산의 말에 동조하며 나섰다.

그러자 중앙 기율 검사위원 서기인 장지량도 한국을 점령하여 기술들을 독점적으로 확보해야 한다고 부추겼다.

상무위원들의 말에 주진평도 더 이상 망설이지 않았다.

언제 때를 잡아 한국에 선전포고를 하는 것을 심사숙고하였다.

하지만 계속해서 가슴 한쪽에서 찜찜한 기분이 들었다.

그 기분의 정체를 알지 못해 결국 주진평은 짜증을 풀 듯 선언했다.

"좋아. 그럼 일본에 연락해서 우리가 행동에 들어가면 그들도 한국에 선전포고를 해야 한다는 것을 약속 받으시오."

주진평은 일본의 특사와 만나 이번 일을 계획한 위청산 국무원 부총리를 돌아보며 말을 하였다.

위청산은 자신감 넘치는 태도로 고개를 끄덕여 보였다.

"알겠습니다. 맡겨주십시오."

"지금 당장 전군에 비상을 거시오. 서부와 남부 집단군은 주변 국가들이 오판하지 못하게 경계를 하시오. 그리고 북방군은 병력의 1/3을 이번 전쟁에 투입하시오. 중앙군과 동부 집단군은 선전포고와 함께 전격적으로 한국의 압록강을 건너시오."

주진평은 상무위원 전체의 의견을 좇기로 결정을 내렸다.

여기서 자신이 한발 물러섰다가는 정적들에게 공격을 빌

미를 줄 수도 있고, 어차피 대세를 따랐다는 변명도 가능한 탓이었다.

그로 인해 한결 마음의 짐을 덜어낸 주진평은 단호하게 지시를 내렸다.

중국 5개 방위군 중 서부와 남부의 집단군에게는 독립한 신강과 신장, 그리고 국경을 맞대고 있는 동남아 국가들을 경계하도록 했다.

그들은 하나같이 중국 정부와 사이가 좋지 못했다.

오랜 영토 분쟁이 벌여오거나 독립을 하기 위해 내전 아닌 내전이 이어진 탓이다.

그러다 보니 자신들이 새로운 동북아의 강자인 한국과 전쟁을 벌일 때 혹시나 배후를 공격할지 모른다는 생각이 들어 경계를 단단히 하려는 것이었다.

그리고 러시아와의 국경을 담당하고 있는 북방군은 일부만 차출하기로 했다.

비록 러시아와는 아무런 분쟁이 없지만 국경을 비워둔다는 것은 어리석은 짓이기 때문이다.

사실 동부와 중앙군만으로도 충분할 것이라 생각은 하지만, 3년 전 최정예 심양 군구 병력도 압록강을 넘으려다 실패를 하지 않았던가.

그래서 만전을 기하기 위해 이전의 네 배에 이르는 전력을 한꺼번에 투입하려는 것이었다.

압도적인 물량으로 공격을 가한다면 아무리 강력한 방어력을 가진 한국군이라 해도 막아낼 수 없을 것이라는 판단에서였다.

"참, 남해 쪽에서도 2개 함대를 전쟁이 시작되면 합류시키기 바라오."

주진평이 남부군을 지휘하는 위청산에게 지시를 내리자 그는 살짝 인상을 찌푸리다 얼른 표정을 풀고 대답을 하였다.

"알겠습니다. 저도 2개 함대를 지원하는 것이니, 전쟁이 끝난 뒤 그만큼의 대가를 분배 받을 수 있을 것이라 여기겠습니다."

권력은 총부리에서 나온다는 마오쩌둥의 명언처럼 중국인들은 무력을 숭상하였다.

무력을 지원하니 대가를 요구하는 건 당연하다는 논리였다.

그랬기에 주진평이나 다른 상무위원도 위청산의 요구를 당연하게 생각하였다.

"알겠소. 그건 걱정하지 마시오."

주석인 주진평의 확답에 위청산의 머릿속으로는 전쟁 후의 논공행상이 펼쳐지고 있었다.

그는 이번 전쟁은 승리가 확실하다고 단정 지었다.

세계 2위인 중국과 7위의 일본이 손을 잡았으니, 아무리 급부상한 한국이라 해도 결코 막아낼 수는 없을 거라 생각했다.

중국은 테러로 인해 한국이 혼란에 빠지자 계획대로 일전을 벌일 준비에 매진했다.

대한민국 국회.

"도대체 정부에선 뭘 하고 있었기에 자국 내에서 테러가 발생하였는데 막지 못한 것입니까?"

민족당 김인수 의원이 탁자를 내려치고는 삿대질을 하며 소리쳤다.

지금 국회에는 개성에서 발생한 테러에 대한 청문회가 벌어지고 있었다.

참으로 어처구니없는 일이었다.

정국 안정이 무엇보다 시급한 시기에 상황이 수습되기도

전에 국회에서는 바쁜 사람들을 불러다 청문회를 열고 있었다.

하지만 이 자리에 불려 나온 정부 관계자나 국정원 간부들은 함부로 입을 열 수가 없었다.

아니, 국회의원이라는 사람들의 성향을 너무도 잘 알고 있기 때문에 한 마디도 하지 않는 것이었다.

이 자리는 대책을 마련하기 위한 청문회가 아님을 너무도 잘 알고 있는 것이다.

국회의원이라는 타이틀을 가진 족속들의 그저 인기몰이를 위한 자리.

그런 사실을 너무도 잘 알고 있기에 소환된 이들은 괜한 꼬투리를 잡히지 않기 위해 처음부터 입을 다문 것이다.

"왜 말이 없습니까? 지금 본 의원의 말이 우스워요?"

계속하여 호통이 이어지지만, 불려 나온 이들은 한마디도 하지 않았다.

"민족수호당의 박만복 의원입니다. 증인, 사전에 테러에 대한 제보를 받았다고 하던데, 사실입니까?"

"예, 받았습니다."

민족수호당의 의원이 질문을 하자 그제야 대답이 나왔다.

이전에는 그저 테러를 왜 못 막았냐, 너희가 일을 제대로 하고 있는 거냐, 라는 식의 문제 해결과는 하등 상관없는 질문들뿐이었기에 대답을 하지 않았다.

하지만 민족수호당의 박만복 의원은 사건을 정확히 인식하고 그에 대한 사건 개요를 물어온 것이다.

"제가 듣기론 테러를 모의하던 이들 중 일부가 자수하여 제보를 해왔다고 하던데, 어떻게 된 일입니까? 정말로 여러 의원님들이 말씀하신 것처럼 직무 유기를 한 것입니까?"

박만복 의원은 차분한 태도로 사건을 정확히 짚으며 질문을 하였다.

증인으로 나온 국정원 직원은 제대로 해명할 기회를 얻었다는 듯 객관적이고 논리정연하게 진술을 하였다.

"말씀하신 것처럼 저희 국가정보원은 사전에 구 북한군 군관과 그를 따르는 병력이 개성시에서 테러를 모의한다는 제보를 받았습니다. 그래서 그에 대한 테러 용의자들을 모두 사살하거나 검거할 수 있었습니다. 그런데… 그 후에 발생한 테러는 저희도 미처 파악하지 못한 IS의 소행이라 밝혀졌습니다."

"그러니까 증인의 말은 제보를 받은 사안에 대해 사살 또는 검거로 막아냈지만, 또 다른 테러분자들은 파악하지 못했다는 말씀이지요?"

"그렇습니다."

"그럼 다시 묻겠습니다. 그럼 국정원에서는 이번에 발생한 테러에 대해 어떤 대책을 세우고 있습니까?"

그에 국정원 직원은 기다렸다는 듯이 단호한 표정으로 대답을 하였다.

"테러를 자행한 IS에 보복을 할 준비를 하고 있습니다."

"뭐요! 지금 뭔 소리를 하는 거야!"

IS에 보복을 준비하고 있다는 말에 국회 여기저기서 거친 소리가 들려오기 시작하였다.

하지만 국정원 직원은 눈 하나 까딱하지 않고 당당하게 대답을 하였다.

"그럼 당하고 가만히 있어야만 한다는 말씀입니까? 지금까지 우리 대한민국은 외국에서 자국민이 테러를 당하든 부당한 대우를 당하든 제대로 된 대처를 하지 않았습니다. 그 때문에 테러 조직이나 범죄 단체들은 우리 국민들을 범죄나 테러의 대상으로 삼아왔습니다. 하지만 이제는 절대로 그런 일을 좌시하지 않겠다는 판단 아래 국정원에서는 이후로 어떠한 도발도 그냥 넘기지 않기로 하였습니다."

국정원 직원의 말이 끝나기 무섭게 다시 한 번 국회는 소란스러워졌다.

자신들이 원하는 반응과는 전혀 다른 모습이었기 때문이다.

사실 그들은 소환된 증인들을 몰아치며 국민들에게 강한 이미지를 심어줄 생각만 갖고 있었다.

아무리 정부의 고위직 공무원이라도 국회 청문회에 증인으로 출석을 하게 되면 죄를 지은 양 약한 모습을 보여 왔기에 이번에도 그럴 것이라 판단한 것이다.

하지만 지금 단상에 선 국정원 직원은 전혀 그러한 모습을 보이지 않았다.

오히려 더 강한 태도로 자신의 의견을 당당하게 표명하는 것이었다.

예상과 다른 반응에 당황한 국회의원들은 마치 겁먹은 개가 요란하게 짖는 것처럼 아우성을 쳤다.

그렇게 국회에서는 한바탕 소란이 벌어지고 있었다.

대한민국 청와대.

대통령 집무실에서는 연일 NSC(국가안보회의)가 열렸다.

"그러니까, 원장 말은 이번 개성에서 테러를 일으킨 IS보다 중국과 일본을 더 경계해야 한다는 말인가요?"

윤재인 대통령은 테러에 대한 대책을 논의하던 중 김세진 국정원장이 제안한 의제에 대해 다시금 물었다.

"무엇 때문에 그런 말씀을 하시는 것입니까?"

김세진 국정원장이 무턱대고 중국과 일본을 언급한 것은 아닐 것이란 판단에서였다.

그에 김세진 국정원장은 가지고 온 USB를 컴퓨터에 꽂았다.

곧 집무실 한쪽에 설치되어 있는 모니터에 한 동영상이 재생되었다.

사람들이 태극기를 흔들고 환호하는 모습으로 보아 아마도 국군의 날 행사의 한 장면 같았다.

"잘 봐주시기 바랍니다."

김세진 국정원장은 NSC 위원과 대통령에게 자세히 봐줄 것을 주문하였다.

사실 그가 그런 말을 하지 않더라도 이 자리에 있는 사람들은 모니터를 통해 비쳐지는 장면에 집중하고 있었다.

— 난 일본에서 온 사이고 다카모리라고 합니다.

— 반갑소. 중화인민공화국 국가안전부(MSS)의 리정안이라

하오.

윤재인 대통령은 동영상을 보고 있다 깜짝 놀랐다.

서로를 소개하는 장면에서 중국 측 인사의 직책이 그냥 흘려듣기엔 너무도 중대했다.

사실 동영상에 나온 두 사람의 얼굴은 윤재인 대통령도 본 기억이 있었다.

다나카 일본 대사나 주방원 중국 대사 옆자리에 붙어 있던 자들인 것이다.

한데 당시 그들은 사이고 다카모리나 리정안이란 이름이 아니었다.

윤재인 대통령은 놀라는 한편, 일본인의 정체와 두 사람의 만남에 대해 의문을 가졌다.

그러자 기다렸다는 듯이 김세진 국정원장이 사이고 다카모리의 정체를 알려주었다.

"사이고 다카모리는 일본 정보부인 NNSA의 수장입니다."

"음……."

그 말에 회의실에 모인 사람들이 저마다 신음을 흘렸다.

타국의 정부부 수뇌들이 자국 내에서 버젓이 돌아다니고 있다는 사실에 긴장을 한 것이다.

사람들이 당황하는 동안에도 화면 속의 두 사람은 계속 대화를 이어 나가고 있었다.

— 반갑습니다. 그런데 언제 일을 시작할 것이오?

— 음, 앞으로 한 시간 뒤에 일을 시작할 것이오.

— 참, 이번 일에 핵 배낭을 사용할 예정이니, 확실하게 폭발 범위를 벗어나는 것이 좋을 것이오.

— 뭐요? 설마 이 일에 핵을 사용한다는 말이오?

탁!

두 사람의 대화가 끝나자 김세진 국정원장은 동영상을 정지시켰다.

"음……."

"지금 보신 것처럼 중국과 일본은 서로 손을 잡고 사전에 테러를 계획하였습니다. 도중에 일부 구 북한군 인사가 자수를 하며 테러에 대한 제보를 해주었기에 저희 국정원에서는 미리 준비를 할 수 있었습니다."

잠시 말을 멈춘 김세진 국정원장은 다시 컴퓨터를 조작하여 또 다른 영상을 화면에 띄웠다.

곧 추레한 행색의 사내가 화면에 비쳐졌다.

그는 국정원 요원으로 보이는 남자에게 자신이 알고 있는 내용을 진술하고 있었다.

— 장영철 대좌는 테러만 성공하면 가족들을 함께 중국에서 떵떵거리게 살게 해주겠다고 약속을 했습네. 하지만 되놈들 말을 어케 믿습네까? 더군다나 이렇게 핵 배낭을 우리 땅에 터뜨리라고 하는데 말입네. 이기 터지면 다 뒈지는디, 어케 그 말을 믿갔습네까? 아니 그렇습네까?

남자의 말에 윤재인 대통령은 심한 분노를 느꼈다.

타국에 핵폭탄을 이용한 테러를 계획했다는 사실에 참을 수가 없었다.

"내 이놈들을……."

아무리 이성을 찾으려고 애를 썼지만, 끓어오르는 분노를 참을 길이 없었다.

그사이 김세진 국정원장은 동영상을 정지시킨 후, 다시 말을 이어 나갔다.

"이런 이유로 테러가 발생하기 전에 해당 테러리스트들을 모두 잡아들이고 끝까지 반항하는 이들은 사살을 하였습니다. 하지만……."

말끝을 흐리는 국정원장의 모습에 대통령과 NSC 위원들은 그에게 시선을 집중하였다.

김세진 국정원장은 이야기하기가 난처한지 잠시 눈치를 보았다.

결국 윤재인 대통령이 직접적으로 대답을 요구했다.

"하지만 뭐요? 또 무슨 일이 있는 것이오?"

대통령의 질문에 김세진 국정원장은 부끄럽다는 듯이 힘겹게 대답을 하였다.

"국정원 3차장이… 현장 요원들을 임시 지휘소로 불러들인 그때, IS의 테러범들이 자폭 테러를 저지른 것입니다."

"뭐요? 아니, 그 사람은 대체 뭣 때문에 요원들을 철수시킨 것이오?"

김세진 국정원장의 이야기 도중 뭔가 이상한 낌새가 느껴진 윤재인 대통령은 혹시나 하는 생각에 물어보았다.

혹시나 하는 생각은 역시나였다.

"조사 결과, 국정원 3차장은 오래전 일본 정보부에 회유된 자로 밝혀졌습니다. 아울러 국정원은 물론이고, 국회와 검찰, 경찰 등 기관 곳곳에 일본을 위해 일하는 자들이 존재함을 알아냈습니다."

"뭐요? 그게 사실입니까?"

윤재인 대통령은 도무지 정신을 차릴 수가 없었다.

개성에서 테러가 발생했다는 말을 들었을 때보다 오히려 지금 더 충격이 큰 듯했다.

김세진 국정원장은 허탈해하는 윤재인 대통령을 잠시 쳐

다보다 다시 말을 이었다.

"그런 이유로 지금은 중국과 일본의 움직임을 더 주시해야 할 필요가 있다고 말씀드리는 것입니다."

"음, 국정원장의 말이 맞는 것 같습니다. 지금 본 내용만으로도 저들이 이후에 뭔가를 힐책하고 있음을 알 수 있습니다. 저희는 그에 대비해야 할 것입니다."

김세진 국정원장의 말이 끝나기 무섭게 김성길 안보수석이 거들 듯 입을 열었다.

"사정이 그렇다고 해도 이번 테러를 자행한 IS를 그냥 둘 수는 없는 일 아닙니까? 그렇게 했다가는……."

하지만 그에 대한 동의의 의견만 있는 것은 아니었다.

외교통상부 장관의 의견에 윤재인 대통령은 표정이 굳어졌다.

그도 그럴 것이, 이대로 가만있으면 대한민국은 국제적 호구가 될 것이 분명했다.

물론 앞으로 닥칠 것이 분명한 중국과 일본의 위협에 대해서는 손을 놓을 수 없다는 것이 문제였다.

한마디로 대한민국의 입장에선 엎친 데 덮친 격인 것이다.

"저, 각하……."

"뭡니까? 더 할 말이 있습니까?"

고민을 하던 윤재인 대통령은 무언가 묘책이 있느냐는 심정으로 김세진 국정원장을 돌아보았다.

그러자 김세진 국정원장은 국정원에서 대책회의를 하다 나온 안건을 대통령에게 건의하였다.

"일단 테러를 저지른 IS에 대한 보복은 마땅히 해야 할 일입니다. 그러니 이참에 지킴이 PMC에 의뢰를 하는 것이 어떻겠습니까? 현재 저희 군은 중국과 일본의 도발에 대비해야 하니 전력을 뺄 수 없지만, 지킴이 PMC라면 이미 중동에 대규모로 나가 있으니 충분히 효과를 볼 수 있을 것이라 예상됩니다."

국정원장의 난데없는 제안에 NSC 위원들은 모두 난색을 보였다.

아무리 그래도 IS라는 거대한 테러 조직을 상대로 민간 군사 기업이 어느 정도 성과를 거둘 수 있을지 의문이 듯 탓이다.

하지만 윤재인 대통령은 굳어진 표정을 풀며 묘안이라는 듯 말했다.

"그런 수가 있었군. 그래, 맞아요. 그들이라면 충분히 해결해 줄 수 있을 것입니다."

윤재인 대통령은 오래전 수한과 약속했던 것을 떠올렸다.

"국가와 민족이 저희를 필요로 한다면 언제든지 불러주십시오."

믿음직한 수한의 얼굴이 머릿속에 그려지자 윤재인 대통령은 자신도 모르게 입가에 미소가 그려졌다.

"좋아요, 국정원장. 지킴이 PMC에 이번 테러를 자행한 IS에 대한 보복을 의뢰하세요."

"알겠습니다."

대통령의 재가가 떨어지자 김세진 국정원장은 힘 있게 대답을 하였다.

IS에 관한 문제가 해결되자 이후 논의는 중국과 일본의 야욕에 대한 대책 논의로 이어졌다.

청와대 춘추관.

찰칵! 찰칵!

번쩍! 번쩍!

많은 내외신 기자들이 대통령의 특별 국민 담화가 있다는 말에 청와대 공보실로 모여들었다.

담화가 시작되기 전부터 기자들은 이번 대통령 담화가 지난 10월 1일 개성에서 발생한 IS의 자살 폭탄 테러에 대한 내용일 것이란 예상을 했다.

현재 대한민국은 미국이나 다른 동맹들과 함께 IS와 전쟁을 수행하고 있었다.

물론 다른 동맹국들처럼 적극적으로 임하지는 않았지만, 중동에서 벌어지고 있는 IS 척결에 참여하고 있는 것은 엄연한 사실이었다.

그런 이유로 IS도 한국에 테러를 저질렀을 것이란 게 중론이었다.

기자들이 서로 의견을 주고받고 있는 가운데 청와대 공보관이 들어와 대통령의 입장을 알렸다.

"대통령님께서 입장하십니다. 모두 자리에서 일어나 대통령님을 맞이해 주시기 바랍니다."

드르륵!

공보관의 말에 기자들은 자리에서 일어나 윤재인 대통령이 들어오는 것을 맞았다.

찰칵! 찰칵!

대통령이 입장을 하자 카메라 기자들은 일제히 카메라 셔터를 눌렀다.

그 순간, 공보실 안이 환해졌다.

"여러분, 반갑습니다."

자신을 환영해 주는 기자들에게 간단하게 인사를 건넨 윤재인 대통령은 바로 단상에 들어섰다.

"오늘 제가 이 자리에 선 것은 지난 10월 1일, 개성시에서 발생한 폭탄 테러에 대한 우리 대한민국 정부의 방침을 발표하기 위해서입니다."

찰칵! 찰칵!

기자들의 예상대로 윤재인 대통령은 서두부터 테러에 대한 이야기를 꺼냈다.

개성에서 테러가 발생한 즉시, IS에서는 자신들이 자살 폭탄 테러를 저질렀다고 선언했다.

그랬기에 전 세계인들은 대한민국의 다음 행보를 주목하였다.

그리고 바로 오늘, 윤재인 대통령의 성명이 발표되는 것이다.

과연 어떤 내용이 성명에 담겨 있을지 기자들은 한껏 긴장한 표정으로 윤재인 대통령을 바라보았다.

명색이 신흥 강국으로 떠오르고 있는 대한민국이다.

3년 전, 세계 2위의 군사력을 가지고 있는 중국의 최정예 부대인 심양 군구 기갑 군단을 상대로 압록강에서 압도적인 승전을 거두었으며, 몇 달 전에는 쿠웨이트를 침공한 IS의 기갑 군단을 몰아내는 데도 한몫을 하였다.

특히 쿠웨이트를 침공한 IS 기갑 군단을 몰아낼 당시, 한국군과 한국 국적의 PMC가 큰 활약을 했다는 것을 이 자리에 있는 기자들은 모두 알고 있었다.

당시 쿠웨이트 왕실은 왕궁을 되찾은 후, 외신 기자들의 질문에 공식적으로 한국 정부에 감사를 전했다.

그로 인해 대한민국의 위상이 한껏 오른 상태였다.

그러다 보니 이번 IS의 테러가 어떤 결과를 가져올지 많은 사람들이 숨죽여 지켜보던 중이었다.

그리고 마침내 한국의 윤재인 대통령이 결단을 내린 듯 성명을 발표하는 것이었다.

"불특정 다수의 민간인을 향한 테러는 어떤 이유를 붙이더라도 용납될 수 없는 범죄 행위입니다. 그래서 우리 대한민국 정부는 이번 개성시에서 테러를 획책한 IS와의 전쟁을 선포하며, IS 수뇌부가 모두 제거될 때까지 추적해 섬멸할 것을 천명합니다."

웅성웅성!

청와대 공보관 안은 순식간에 소란스러워졌다.

어찌 보면 당연한 일이었다.

방금 전 윤재인 대통령이 한 말은 IS와 끝까지 전쟁을 싸워 나가겠다는 선언이나 다름없었으니.

그러니 이 자리에 있는 내외신 기자들로서는 소란을 떨지 않을 수가 없었다.

세계 초강대국인 미국도 10여 년이 넘는 기간 동안 전쟁을 하면서도 IS를 끝장내지 못했다.

그런데 아시아의 작은 나라가 IS와 전면전을 벌이겠다고 천명하니, 놀라운 일이 아닐 수가 없었다.

기자들이 다들 놀라는 가운데 윤재인 대통령은 담담하게 담화문을 읽어 내려갔다.

그리고 마침내 담화 내용이 끝나자 기자들은 저마다 손을 들며 질문을 쏟아냈다.

"질문 있습니다."

"대통령님! 그게 가능하시다고 보십니까?"

"CMM 방송입니다. 초강대국 미국도 아직 그들의 수뇌부를 척결하지 못했는데, 윤재인 대통령께서는 한국이 그 일을 할 수 있다고 보십니까?"

너무도 놀라운 선언이라 기자들은 하나라도 더 정보를 얻기 위해 애를 썼다.

과연 대한민국이 IS와 어떻게 싸워 나갈지에 대한 의문이 주를 이루었다.

공보실 안이 기자들의 취재 열기로 혼잡해지자 윤재인 대통령은 조용히 입을 열어 진정시켰다.

"차례대로 질문을 하시기 바랍니다. 모두 답변을 해줄 테니 순서를 지켜주세요."

윤재인 대통령은 평소와 달리 담화문을 모두 발표하고도 아직 단상에 남아 있었다.

보통 공보관이 대신 기자들의 질문에 답변을 했는데, 오늘은 직접 그 역할을 하려는 듯했다.

"저요!"

윤재인 대통령이 말이 끝나자마자 가장 앞자리에 앉아 있던 기자가 얼른 손을 들었다.

특종 기회라 생각하는 듯, 불타는 눈빛을 쏘아 보내는 기자의 모습에 대통령이 그를 지명하였다.

기자는 자신의 소속을 밝히고는 이내 궁금해하는 점을 질문하였다.

"KBC 방송의 김대기 기자입니다. 대통령님, 과격 무장 테러 단체인 IS와 전면전을 하겠다고 선언하셨는데, 의회 승인은 받은 것입니까?"

첫 지명을 받은 김대기는 대통령의 담화 내용이 전쟁을 담고 있었기에 국회의 승인을 받았는지 물었다.

윤재인 대통령은 담담한 표정으로 대답을 하였다.

"아직 승인을 받지는 않았습니다. 하지만 모든 대한민국 국민이 이번 테러에 대해 분노하며 그에 대한 조치를 지켜보고 있지 않습니까? 국민의 뜻을 따르는 것이 국회 본연의 임무인 만큼 본인의 결정을 따라주리라 믿습니다."

사실 윤재인 대통령은 현재 국회 내부에서 어떤 식으로 이야기가 돌고 있는지 잘 알고 있었다.

정부를 헐뜯고 발목을 잡으려고 혈안이 되어 있을 군상들.

하지만 아무리 그들이라 해도 국민이 원하는 대의를 마냥 무시할 수는 없을 것이다.

그렇기에 기자들 앞에서 일부러 국민의 뜻임을 이야기한 것이다.

"그럼……."

김대기 기자가 다시 질문을 던지려 하자 공보관이 얼른 막아섰다.

"많은 분들이 자리한 관계로 한 분당 질문 한 가지씩만 받겠습니다. 그럼 다른 분."

그러자 여기저기에서 기자들이 질문을 먼저 하기 위해 손을 들고 소리쳤다.

"네, 거기 금발의 미녀 기자분."

윤재인 대통령은 이번에는 외신 기자를 지목했다.

이번 국민 담화에 대해 대한민국뿐 아니라 전 세계가 주목하고 있음을 잘 알고 있기 때문이었다.

"BBS의 데보라 기자입니다. 전쟁에는 많은 예산이 필요합니다. 한국 정부는 그에 대한 예산이 편성되어 있습니까?"

영국에서 온 BBS의 여기자는 다른 각도로 접근하며 대한민국의 전쟁 수행 능력을 질문했다.

인간이 소비하는 것들은 모두 예산이 반영이 된다.

그리고 그건 전쟁도 마찬가지다.

아니, 전쟁이란 것은 한 나라의 흥망을 좌지우지할 수 있기에 더욱 중요한 요소라 할 수 있었다.

그렇기에 데보라 기자는 경제 규모가 그리 크지 않은 대한민국이 과연 IS와 전면전을 치를 수 있을 정도로 예산을 확보했는지 물어보는 것이었다.

대한민국이 날로 성장을 해 나가는 중이라고는 하지만, 아직도 산적한 문제들이 분명 존재했다.

서민 경제라든지 부동산 대책이나 가계 대출 등 시급히 처리해야 할 현안도 한둘이 아닌 것이다.

그런 상황에서 과연 전쟁을 위한 예비비를 마련할 수 있는지는 큰 문제였다.

하지만 미리 예상한 질문이라는 듯이 윤재인 대통령은 막힘없이 답변을 해주었다.

"정부는 군과 협의하여 IS와 전쟁에 전투 부대를 파병하지는 않기로 했습니다. 대신 PMC(민간 군사 기업)을 적극 활용할 것입니다."

"네? PMC 말입니까? 음, 대통령께서는 그것이 효과가 있을 것이라고 보십니까?"

데보라는 저도 모르게 되물었다.

한 명당 질문 하나라는 원칙을 공보관이 언급했지만, 전혀 예상치 못한 윤재인 대통령의 답변에 자연스레 말이 흘러나온 것이었다.

그런 데보라 기자의 모습에 윤재인 대통령은 입가에 미소를 지으며 마저 대답을 해주었다.

"우리 대한민국에는 지킴이 PMC란 업체 있습니다. 몇

몇 분들은 아마도 그 이름을 들어보았을 것입니다. 사우디 왕자 구출 작전을 성공시켰을 뿐만 아니라 동맹군과 함께 쿠웨이트 해방 작전을 성공적으로 수행하였지요. 그뿐만이 아닙니다. 지킴이 PMC는 백악관의 의뢰를 받아 이라크에서 IS의 세력을 몰아낼 때도 엄청난 활약을 펼쳤다고 들었습니다. 이런 PMC라면 믿고 의뢰를 해도 되지 않겠습니까?"

윤재인 대통령은 지킴이 PMC에 대하여 장황하게 설명을 하며 데보라를 향해 물었다.

그에 데보라는 물론이고, 외신 기자들은 다들 하나같이 고개를 끄덕였다.

그들 역시 지킴이 PMC에 대한 소문은 익히 들어 잘 알고 있기 때문이었다.

지킴이 PMC의 구성원은 모두 구 북한 특수부대 출신이며, 한국에서 개발한 최첨단 무기들로 무장을 하고 있어 세계 최고의 PMC 중에서도 수위를 다툰다는 소문이었다.

더욱이 이 자리에 있는 몇몇 기자들은 지킴이 PMC와 동행하며 이라크 해방 전선에서 취재를 하기도 했다.

그렇기에 방금 전 윤재인 대통령이 지킴이 PMC를 언급하자 자연스레 고개를 끄덕였다.

그들이 생각하기에도 윤재인 대통령의 결정이 정규군을 파견하는 것보다 훨씬 더 확실한 전과를 기대할 수 있는 방안이라는 판단 때문이었다.

외신 기자들이 윤재인 대통령의 대답에 공감하는 것과 달리 내국 기자들은 전혀 이해하지 못한 얼굴로 의아한 표정을 지었다.

그들로서는 민간 군사 기업(PMC)가 이번 일에 나선다는 것을 도무지 이해하지 못하는 것이었다.

사실 그들의 잘못만은 아니었다.

지킴이 PMC는 국내보단 외국에서의 활동이 주를 이루기 때문에 내국 기자들에게는 그리 알려진 것이 없는 탓이었다.

또한 지킴이 PMC가 처음 설립될 때 맺은 정부와의 약속 때문에 그렇기도 했다.

대한민국이 통일을 이룬 후, 수많은 구 북한 특수부대원들의 처리가 난제로 떠올랐다.

제대로 관리하기도 어려운 형편에 그냥 민간에 풀어놓는 것은 자칫 치안의 불안을 야기할 수 있었다.

그렇다고 계속 복무를 시키기에는 예산이 턱없이 부족한 실정.

그래서 고육지책으로 만든 해결 방안이 바로 민간 군사 기업의 설립이었다.

한데 문제는 대한민국 내에 민간 군사 기업이 활동할 만한 여건이 그리 좋지 않다는 것이었다.

그 말인즉, 민간 군사 기업이 설립되어도 국내가 아닌 국외에서 활동을 해야만 하였다.

어쨌든 우여곡절 끝에 지킴이 PMC가 설립되고, 그 첫 의뢰자는 대한민국 정부가 되었다.

중동에 전투 부대를 파견해야 하는 사안에 지킴이 PMC와 계약을 맺은 것이다.

병력 파병이라는 정부의 고민을 해결해 주는 동시에 구 북한군 특수부대 인원에 대한 고민도 덜어낼 수 있으니, 일석이조의 효과였다.

그렇게 중동에 파견된 지킴이 PMC는 첫 의뢰를 성공적으로 수행했을 뿐만 아니라 IS에 납치된 사우디 왕자를 구출함으로써 대한민국의 이름을 드높였다.

그다음부터는 순풍에 돛을 단 배처럼 순항이 이어졌다.

물론 대한민국 정부 입장에서는 그에 대한 내용을 모두 공개할 수는 없는 노릇이라 세간에 알려진 바가 적을 수밖에 없었다.

당연히 그런 내막을 모르는 국내 기자들로서는 윤재인 대통령의 답변에 깊은 우려를 나타내는 것이고.

결국 국내 기자들의 우려는 고스란히 방송국과 신문사로 전달되어 많은 논란거리를 만들어냈다.

"음, 피곤하군."

대국민 담화를 마친 윤재인 대통령은 집무실의 의자에 앉으며 중얼거렸다.

최대한 흥분하지 않고 담담하게 보이려 노력하였지만, 끓어오르는 분노를 참아내는 일은 결코 쉽지 않았다.

사실 담화문 자체도 중대한 사안을 담고 있어 집중해야 하는데, 감정을 다스리는 데도 신경을 쓰다 보니 더욱 피곤한 것이었다.

솔직히 정규 부대가 아닌 민간 군사 기업(PMC)에 의뢰를 하는 문제 때문에 국회와도 한바탕한 상황.

그런 후에 기자들을 상대하다 보니 절로 녹초가 될 수밖에 없었다.

뿐만 아니라 일본과 중국의 행동은 이미 의심의 수준을

넘어 무척이나 위험한 지경이었다.

하지만 그런 내색을 일절 보이지 말아야 하니 그야말로 몸과 마음이 모두 지칠 지경이었다.

그렇게 힘든 여정을 마치고 집무실로 돌아왔지만, 하늘은 아직 윤재인 대통령에게 휴식을 허락하지 않는 듯했다.

덜컹!

"각하! 각하! 큰일 났습니다!"

안보 보좌관인 김성길이 놀란 얼굴로 뛰어들며 소리를 쳤다.

뒤이어 비서실장인 길성준과 외교통상부 장관인 이박명도 약간의 시간 차를 두고 대통령 집무실로 뛰어왔다.

김성길 안보 보좌관은 길성준 비서실장과 이박명 외교통상부 장관이 다 모이자 청천벽력 같은 말을 쏟아냈다.

"각하, 중국에서 선전포고를 했습니다!"

"뭐요? 중국이 선전포고를 했다고요?"

"예, 그렇습니다."

"음, 길성준 비서실장, 바로 전군에 데프콘 1을 발령하고 국방부 장관을 불러들이세요. 다만, 저들이 먼저 공격을 하기 전까진 대응하지 말고 대기하라 하세요. 절대 먼저 저들을 공격해서는 안 됩니다."

중국에 비해 대한민국의 국제적 위상은 그리 높지 못했다.

그렇기 때문에 아무리 선전포고를 했다지만 한국이 먼저 공격을 하게 된다면 어떻게 상황이 바뀔지 몰랐다.

현재 전 세계는 IS의 테러에 피해를 입은 대한민국을 위로하고 있지만, 중국과 전쟁이 벌어지게 되면 상황이 어떻게 변할지 모르는 일이기 때문이다.

더욱이 지금은 중국뿐만 아니라 일본까지 한국을 노리고 있는 상태.

이미 중국이 선전포고를 하였으니, 조만간 일본도 그에 가세할 것이 빤했다.

중국과 일본, 두 거대 국가가 힘을 합쳤으니, 대한민국을 지지한다는 것은 결코 쉬운 일이 아니었다.

그게 바로 국제사회의 냉정한 현실인 것이다.

테러 피해에 대해서는 동정의 시선을 던지지만, 강대국과의 전쟁에는 그저 거리를 두고 지켜볼 뿐이다.

그나마 윤재인 대통령은 중국과 일본이 흉책하고 있는 음모를 사전에 파악했기에 충격을 줄일 수 있었다.

만약 전혀 모르고 있던 중에 선전포고 소식을 들었다면 패닉을 일으켰겠지만, 이미 그에 대해 나름의 대비를 하고 있던 터라 마음을 다잡을 수 있었다.

하지만 그렇다 해도 대한민국에는 아직 시간이 부족하였다.

그동안 꾸준히 발전을 해 나가며 국력을 키웠지만, 중국과 일본이라는 두 강대국을 막아내기에는 부족한 점이 있었다.

중국이나 일본 중 한 국가만 상대하는 것이라면 어떻게든 막아낼 자신이 있었다.

하지만 동시에 두 나라를 상대한다면 결과를 장담할 수 없었다.

중국과 일본을 동시에 막아낼 수 있는 나라는 초강대국 미국뿐이었다.

그러니 지금 윤재인 대통령으로서는 판단을 내리는 데 있어 최대한 조심스러울 수밖에 없었다.

더욱이 첩보에 의하면, 동맹인 미국 또한 자신들을 돕는 입장이 아니었다.

그들은 비밀 협정을 맺어 일본이 한반도를 차지하게 되면 플라즈마 실드 발생 장치의 기술과 요격 미사일 기술을 넘겨받기로 했다는 정보를 입수한 상태였다.

그 정보가 사실이라면 대한민국은 확실하게 고립된 것이나 마찬가지인 신세였다.

그런 까닭에 윤재인 대통령은 최악의 상황을 상정하며 명령을 내린 것이다.

"알겠습니다."

길성준 비서실장은 윤재인 대통령의 지시에 따라 얼른 국방부로 향했다.

웅성웅성!

점심시간.

식사를 마친 사람들이 공원에 앉아 삼삼오오 이야기를 나누고 있었다.

계절은 10월 중순으로 들어서는 터라 가로수들은 노랗게 옷을 갈아입는 중이었다.

여성들의 옷차림도 약간은 길어져 가을 분위기가 물씬 풍겼다.

그렇게 평온한 일상이 이어지는 한때였다.

갑자기 어디선가 들려온 다급한 외침에 사람들의 시선이 집중되었다.

"전쟁이다! 중국이 우리나라를 상대로 선전포고를 했다!"

"뭐라고? 전쟁?"

"어떡해!"

여기저기서 걱정이 담긴 한탄 소리가 흘러나왔다.

직원들의 당황 섞인 호들갑에 수한은 식사를 멈추고 건물 밖으로 나와 전화를 걸었다.

당연하게도 전화 상대는 지킴이 PMC의 문익병 사장이었다.

"문 사장님, 전쟁이라니… 이게 어떻게 된 일입니까?"

민간 군사 기업은 전쟁이라는 행위를 통해 먹고살기에 그런 쪽의 정보에 밝았다.

그러니 중국의 선전포고에 대한 정보도 갖고 있을 거란 판단에 문익병 사장에게 전화를 건 것이다.

원래였다면 수한 역시 그에 대한 정보를 바로바로 확인했겠지만, 곧 다가올 결혼 때문에 미처 신경을 못 쓴 것이다.

사실 중국이라면 한국과의 관계가 그리 나쁜 편은 아니었다.

비록 3년 전에 전투를 치르기는 했지만, 이후 외교적으로 잘 마무리가 되었기 때문이다.

한데 대체 무엇 때문에 그들이 갑자기 전쟁선포를 했는지 수한으로서는 이해할 수가 없었다.

"아니, 자세한 이야기는 제가 그곳에 가서 듣기로 하지요."

수한은 이야기가 길어질 것 같다는 예감에 지킴이 PMC 본사로 향했다.

— 우리 중화 인민 공화국은 2025년 한국의 기습 공격에 나라를 빼앗긴 동지이자 상호 수호 협정을 맺은 북한의 지도부의 요청을 받아 북방군 중 심양 군구의 일부 병력을 파견하였다. 하지만 한국은 이런 우리 중화 인민 공화국의 인민해방군에 공격을 하여 막대한 피해를 입혔다. 당시…(중략)…… 이에 우리는 무뢰한 한국을 적국이라 규정하고 전쟁을 선포한다. 만약 우리의 적인 한국을 지원하려는 세력이 있다면 우리는 우리가 가진 모든 역량을 총동원하여 상대할 것이다. 부디 오판을 내려 한국과 함께 패망의 길을 걷지 말기를 당부한다.

"음, 이놈들이 작정을 한 것 같군."

지킴이 PMC로 가는 차 안에서 수한은 사태의 심각성을 새삼 느꼈다.

라디오에서 흘러나오는 중국 측 대변인의 논조는 전쟁을 기정사실화하고 있던 것이다.

바야흐로 전쟁의 계절이 돌아왔다.

4.
전쟁의 서막 1

지킴이 PMC 평양 본사.

지금 이곳은 무척이나 분주한 상황이었다.

중국의 선전포고 소식이 전해지자 지킴이 PMC와 같은 민간 군사 기업이나 경호업체들은 비상이 걸렸다.

언제 동원령이 떨어질지 모르기 때문에 저마다 무장을 갖추고 대기 상태에 들어간 것이다.

그런 가운데 일부 지킴이 PMC 직원들은 현재 어딘가로 신속하게 움직이고 있었다.

이들은 정부의 의뢰를 받아 개성 테러의 범인인 IS의 지도부를 처리하기 임무를 부여 받은 상태였다.

지상의 직원들이 이처럼 중동으로의 파견으로 분주할 때, 지킴이 PMC 본사 지하에서도 다른 의미로 바쁘게 움직이는 이들이 있었다.

"위성은 제대로 작동하고 있나?"

수한은 지킴이 PMC 본사 지하에 위치한 위성 통제실로 들어서며 문익병 사장에게 물었다.

"예. 현재 직원들이 활동하고 있는 중동 지역에 대한 정보 수집을 중점적으로 하고 있습니다."

지킴이 PMC는 정부의 허가를 받아 위성 다섯 개를 운영하고 있었다.

비상시 국방부와 협조하는 것으로 계약을 맺었기에 평소에는 지킴이 PMC 본부에서 위성 운영을 하는 것이다.

그랬기에 지킴이 PMC에서는 두 대의 위성으로 중동 전체를 살피고, 3대는 한반도 상공에 띄워 24시간 내내 대한민국의 주변을 살폈다.

그런데 사실 지킴이 PMC에서 운용하는 위성은 다섯 대가 아니었다.

정부에는 다섯 대라 신고하였지만, 실제로는 그보다 많은 여덟 대의 인공위성을 보유하고 있는 것이다.

이는 어쩔 수 없는 일이기도 했다.

신고에서 누락시킨 세 대의 인공위성은 국제조약으로 금지되어 있는 공격용 위성이기 때문이었다.

우주 공간에서 지상을 공격할 수 있는 무기는 국제조약을 통해 철저히 금지된 품목이었다.

물론 국제조약에 따르면 그런 위성은 없어야 했다.

하지만 미국이나 러시아 등의 국가는 비밀리에 지상 타격 군사위성을 다수 보유하고 있었다.

이미 그러한 무기를 보유하고 있기에 국제조약을 악용하여 후발주자들이 쫓아오지 못하게 금지를 시킨 것일 뿐이었다.

그러한 논리는 핵무기 보유국에 대한 내용과 별다를 바가 없었다.

자신이 하면 로맨스고, 남이 하면 불륜이라는, 제 편한 대로의 논리인 것이다.

어찌 됐든 그런 공상 과학 영화에서나 나올 법한 레이저 공격 위성이나 운동에너지를 이용한 타격 무기 등은 이미 오래전에 개발되어 지구 주변을 돌고 있었다.

수한은 그러한 정황을 알아내 대한민국도 그에 대비하기 위해 공격용 무기를 가진 위성을 상공에 띄워 올렸다.

정말로 만일에 대비한 것이었다.

대한민국 정부에 알리지 않은 이유도 나름 타당했다.

대한민국 상류층에는 자신의 이익을 위해서라면 국익을 저버리고 기밀을 외국으로 팔아넘기는 이들이 너무도 많았다.

실제로 툭하면 뉴스에 나오는 것이 바로 군장성들의 비리 소식이었다.

국가의 안녕을 책임지는 사람들이 오히려 국가 비밀을 넘기거나 리베이트를 받아 사욕을 챙기는 것이다.

한데 문제는 그게 끝이 아니었다.

국가 기밀을 누설한 정황이 드러나도 정작 처벌 받는 이가 없다는 것이 더 큰 문제였다.

반역에 준하는 죄인데도 국민의 관심이 멀어졌다 싶으면 언제 그랬냐는 듯 처벌도 없이 스리슬쩍 넘어가는 것이다.

더욱 웃긴 점은 처벌을 받는 이는 오히려 비리 사실을 고발한 하급자라는 사실이다.

명령 체계를 무시하여 위계질서를 위반했다는 것이다.

이는 고발을 당하는 주체에게 미리 알리고 조치를 취하라는 것과 다름없는, 참으로 어처구니없는 말이었다.

하지만 그에

그런데 더욱 국민들을 화나게 하는 것은 그렇게 국가 기밀을 외부로 누설했다는 정황이 밝혀졌지만 정착 처벌을 받은 이들이 하나도 없다는 것이다.

아무튼 사정이 그러다 보니 지킴이 PMC에서는 세 기의 위성을 비밀리에 관리하는 것이었다.

이 군사용 위성들은 한반도에 전쟁이 발발했을 때, 국민을 지키기 위해 사용될 것이다.

비록 대한민국이 핵무기를 보유하고는 있지만, 상대가 같이 죽자는 심정으로 핵무기를 쏘아댄다면 막을 수단이 없었다.

그렇기에 수한은 그런 일이 벌어지는 것을 사전에 막기 위해 준비를 한 것이다.

물론 그러한 수한의 대비는 비단 지킴이 PMC가 보유한 비밀 위성 세 기만 있는 것은 아니었다.

위성과는 별개로 천하 에너지에서 운용 중인 방어 무기가 준비되어 있었다.

그에 대해서는 대한민국 정부와 국방부도 어느 정도 알고 있는 바였다.

비밀을 지키기 위해선 90% 진실에 10%의 거짓을 숨기는 것이 가장 효율적이다.

상대가 진실이라 믿게 함으로써 감추고자 하는 비밀을 숨길 수 있기 때문이다.

그래서 수한은 천하 에너지가 운용 중인 방어 무기에 대한 존재를 살짝 흘리며 지킴이 PMC에서 운영하는 위성의 존재를 숨겼다.

물론 영원한 비밀이란 존재하기 어렵다.

상황에 따라서는 공개를 할 수밖에 없는 형편에 처할 수도 있을 것이다.

하지만 그때는 대한민국과 한민족에게 크나큰 위기가 닥쳤을 때일 테니, 그런 상황에서는 숨기고 자시고 할 것이 없었다.

수한은 만약 국제사회가 국제 협정 위반을 내세워 질타를 해온다면 그것을 무마할 방법도 가지고 있었다.

그것은 바로 국제협약을 이끌어낸 미국과 러시아 등의 이율배반적인 태도였다.

이미 수한은 해당 국가들이 우주 공간에 군사용 위성들을 다량 올려놓은 증거를 확보하였다.

그랬기에 우주 공간에 군사위성을 띄우면서도 수한은 아무런 거리낌이 없었다.

아무튼 수한은 현재 지킴이 PMC 지하 위성 통제실에서 직원들이 위성을 운용하는 것을 지켜보았다.

사실 중동에서 지킴이 PMC들이 IS를 상대로 막대한 성과를 보이고 있는 이유도 다른 게 아니었다.

이곳 위성 통제실에서 실시간으로 IS의 상황을 지켜보며 정보를 전달해 주고 있기 때문인 것이다.

하지만 지금 수한이 이곳 위성통제실을 찾은 것은 다른 목적에서였다.

지금 대한민국은 크나큰 위기에 직면해 있었다.

세계 초강대국 중 하나인 중국이 전쟁을 선포를 한 탓이었다.

아무리 최신형 무기를 개발해 냈다고는 하지만, 아직 전군에 최신 무기가 보급된 것은 아니었다.

또 보급이 되었다 해도 그것들을 효과적으로 운영하기 위해선 전술 운용의 연구가 필요하다.

즉, 대한민국 국군에게는 아직 시간이 필요하다는 소리였다.

상황이 그러니 수한으로서는 정부의 의뢰를 빠른 시간에 해결해야 한다는 판단이 세워졌다.

"문 사장님, 정부의 의뢰를 최대한 빠르게 해결하고 대기를 해주세요."

"중국 때문에 그러십니까?"

"예. 이번에 중국이 선전포고를 하고 심양과 청도에 인민해방군이 모여들고 있다고 합니다."

수한의 말처럼 중국의 군사력은 재빠르게 행동에 들어갔다.

심양으로는 육군이 집결하고 있으며, 청도에는 중국 북해 함대와 동해 함대가 합류하고 있었다.

"그럼 만약 중국과 실제로 전쟁이 발발하게 되면 저희는 국군을 도와 중국군을 막는 것입니까?"

문익병 사장은 수한의 의도를 확인하기 위해 대처 방안을 물었다.

하지만 수한에게서 들려온 대답은 천만 뜻밖의 말이었다.

"아닙니다. 중국 정도는 현재 우리 국군의 힘만으로도 충분히 막아낼 수 있습니다. 물론, 변수가 발생하지 않는다는 전제에서 하는 말이지만 말입니다."

"변수요? 그렇다면 박사님은 무슨 변수가 있을 것이라 생각하시는 겁니까?"

"중국 동해 함대가 대치하고 있는 일본 함대를 놔두고 북상하고 있는 것이 무엇을 의미하는 것인지 생각해 보셨습니까?"

문익병 사장은 잠시 고민을 해보았다.

그러다 곧 어떤 의미인지 깨닫고는 눈을 치켜떴다.

"설마!"

뭔가 자신의 머릿속을 스치고 지나가는 생각이 있었다.

혹시나 하는 생각이었다.

얼마 전까지만 해도 영토의 해석을 두고 싸우던 중국과 일본인데, 설마 그들이 손을 잡기야 하겠느냐는, 그런 일이 벌어질 가능성은 거의 없을 거라 여겼는데…….

수한은 문익병 사장의 생각이 맞을 거라는 듯 입을 열었다.

"그렇습니다. 지금 생각하시는 것이 맞을 것입니다."

수한의 단호한 말에 문익병 사장의 눈은 더할 나위 없이 커졌다.

"그런데 제가 직원들을 대기시키는 이유는 그 때문만은 아닙니다. 일본의 움직임이 수상한 것은 맞지만, 더욱 중요한 건 미국이 이 일을 어떻게 보고 있는지 알 수가 없다는 것입니다."

"미국까지……."

이어진 수한의 말에 문익병 사장은 더욱 큰 충격을 받았다.

"물론 미국은 이번 중국의 선전포고에 유감이란 성명을

내기는 했지만, 그렇다고 해서 동맹인 우리나라에 군대를 파견하지는 않을 것입니다."

수한의 말처럼 미국은 즉각적으로 중국에 대한 유감 성명을 발표하였다.

그렇지만 그게 끝이었다.

따로 어떠한 조처를 취하겠다는 언급은 일절 없었다.

그저 중국과 한국 모두 핵무기를 보유하고 있으니 사용 자제를 종용할 뿐이었다.

당연하게도 미국의 제스처는 공염불에 지나지 않았다.

전쟁을 치르는 나라는 승리를 하기 위해 총력을 기울이기 마련이다.

그러다 보니 패전이 육박했을 때, 최강의 무기인 핵을 사용하지 않을 것이라고는 아무도 장담할 수 없었다.

전쟁에서 패배하면 국가의 미래를 보장할 수 없기 때문이다.

그런데 중국도 그렇고, 대한민국도 핵무기를 보유하고 있는 상황이었다.

당연히 최후의 순간에 핵을 사용할 공산이 컸다.

그러니 미국의 바람은 공염불에 불과했다.

다만, 미국이 형식적인 유감 성명이나마 표명한 것은 동맹국인 한국에게 전쟁을 막기 위해 최선을 다했다는 모습을 보이기 위해선인 것이다.

그렇게 하지 않으면 다른 동맹들이 미국에 등을 돌릴 여지가 충분하기 때문이다.

하지만 수한은 그런 미국의 의도를 꿰뚫어 보았다.

오히려 한발 더 나아가 미국 또한 중국이나 일본과 밀약을 맺었을 거라 판단했다.

"어쩌면 미국도 이번 전쟁에 관여했을 수도 있습니다."

"네? 그건 무슨 말씀이십니까?"

"아무래도 미국은 이번 일에 방관하는 대가로 중국이나 일본에게 어떤 약속을 받은 것 같습니다."

현재 대한민국은 사면초가(四面楚歌), 고립무원(孤立無援)의 처지였다.

한반도를 사이에 두고 중국과 일본이 야욕을 드러낸 상황.

동북아의 안정을 위해서라면 이를 중재해야 하는 게 미국의 입장이었다.

하지만 미국은 어떤 제의를 받은 것인지 그저 유감 표명만 하고 뒤로 물러난 상태였다.

한반도를 둘러싼 국가 중 하나인 러시아만이 아직 아무런 입장 표명을 하지 않고 있는데, 러시아는 자국의 문제가 워낙 산적해 있는 상태이다 보니 당장은 논외 대상이었다.

물론 그렇다고 감시를 끈을 놓아서는 안 될 일이었다.

러시아 역시 언제 한반도의 상황에 숟가락을 걸칠지 모르는 탓이었다.

막말로 2차대전 당시 러시아의 전신이었던 소련은 일본과 상호불가침 협약을 맺었다.

하지만 일본이 미국에 밀려 본토가 공격을 받을 때쯤엔 협약을 무시하고 한반도로 진입하였다.

당시 한반도는 일본의 영토나 다름없는 상태였는데, 당시 소련은 일본을 공격하기 위해 군사력을 남하시킨 것이다.

그로 인한 결과가 바로 38도선의 설치였다.

일본이 항복하기 전에 한반도로 들어선 소련은 북위 38도를 경계로 미국과 대치하게 되었다.

이후 한반도는 둘로 나뉘어 북쪽은 소련이, 남쪽은 미국이 군정을 실시하였다.

그런 전례가 있다 보니 아직까지 아무런 성명 발표가 없다고 안심할 수 있는 일은 아니었다.

당연히 감시를 소홀히 해서는 안 될 일인 것이다.

"참, 그런데 회사가 보유한 물량은 얼마나 됩니까?"

현재 대한민국의 군수산업들은 비상 체제로 돌입해 24시간 내내 군수물자를 쏟아내고 있었다.

그리고 생산된 군수물자는 각 군에 빠르게 보급되고 있었다.

이미 중국이 전쟁선포를 한 상태이기에 한시도 시간을 낭비할 수 없었다.

그리고 언제 군수물자가 부족해질지 모르는 일이기에 최대한 많은 물자를 확보해야 할 필요성이 있었다.

당연히 지킴이 PMC도 어느 정도 물자를 확보해 놔야 했다.

더욱이 지킴이 PMC에서 사용하는 물자는 특별한 것이기에 다른 곳에서 생산된 물자로 대체할 수도 없었다.

천하 디펜스와 천하 중공업에서 생산하는 무기와 특수차량이 대표적이라 할 수 있었다.

한데 현재로서은 국군에서 주문한 물자를 생산하는 것만으로 벅찬 상태였기에 수한이 확인 차원에서 물은 것이었다.

"다행히 저희가 사용할 분량은 충분합니다. 다만, 차량은 군의 요구에 밀려 아직 주문한 분량이 도착하지 않았습니다. 생산된 것도 군에 먼저 보급을 해야 하는 관계로 징발

되었다고 통보를 받았습니다."

문익병 사장의 보고에 수한은 인상을 살짝 구겼다.

무기는 충분하지만 병력을 운용할 운송 수단이 부족한 것이다.

수한이 보기에도 지킴이 PMC는 최정예였다.

현역 군인들보다 전투력 측면에서 월등한 기량을 가지고 있었다.

각 개인에게 지급된 파워 슈트만 해도 철갑탄과 같은 특수한 중화기가 아니면 타격을 받지 않았다.

웬만한 무기로는 지킴이 파워 슈트를 뚫고 PMC 직원들에게 직접적인 타격을 입힐 수도 없는 것이다.

게다가 현재 지킴이 PMC는 임무와 훈련을 병행하고 있기에 현역 때 이상의 실력을 보유하고 있다.

모집도 꾸준히 이루어졌기에 현재 지킴이 PMC의 직원수는 2만 명에 육박하고 있었다.

특수부대원 2만 명이면 무려 군단 급의 전력이라 볼 수 있었다.

파워 슈트라는 특수 무장이 기본이다 보니, 그 파괴력은 보병 군단을 아득히 능가하는 전력이다.

물론 쿠웨이트나 중동 지역에 파견 나간 직원들을 제외하고 현재 한반도에 있는 인원은 1만 명이 채 되지 않았다.

하지만 그렇다 해도 막강한 전력임은 마찬가지였다.

파워 슈트를 전술적으로 운영하고 있는 곳은 지구상에 지킴이 PMC만이 유일하기 때문이다.

물론 초강대국 미국도 일부 특수부대에서 운용하고 있지만, 말 그대로 일부에 불과했다.

지킴이 PMC처럼 대규모 부대가 운용한다는 것은 불가능한 것이다.

가장 큰 이유는 파워 슈트의 가격이다.

수한이 지킴이 PMC에 지급하는 파워 슈트는 원가가 얼마 들어가지 않는 물건이다.

파워 슈트를 만드는 소재나 구동시키는 시스템 등 모든 것을 수한이 직접 개발하였기에 실제로 제작 단가는 수한만이 알고 있을 뿐이다.

그런데 미국의 경우, 수한이 개발한 파워 슈트보다 훨씬 떨어지는 성능임에도 생산 비용은 1대당 천만 달러에 육박했다.

그래서 미국은 파워 슈트보다 성능이 떨어지는, 보다 저렴한 엑소 스켈레톤(Exo Skeleton)나 엑소 슈트(Exo Suit) 같은 외골격 슈트를 보급하고 있었다.

파워 슈트처럼 강력한 힘이나 방어력을 가진 것은 아니지만, 그나마 장시간 행군이나 무거운 짐을 옮길 수 있게 해 준다.

물론 이것도 결코 싼 장비는 아니었다.

그렇기에 다른 나라에서는 이러한 장비들을 보다 저렴하게 생산할 수 있게 거듭 연구를 하는 중이었다.

사실 수한도 마법이라는 능력이 없었다면 이처럼 저렴하게 파워 슈트를 만들 수는 없었을 것이다.

아무튼 대한민국에 남아 있는 1만여 지킴이 PMC 직원들만으로 충분히 중국의 인민해방군을 막아낼 수 있었다.

그리고 필요하다면 수한은 자신이 가진 모든 수단을 사용해 대한민국과 한민족을 지킬 것이다.

미국 워싱턴 D.C., 백악관.

대통령 집무실에서는 오늘도 어김없이 안전 보장 회의가 열렸다.

그러나 오늘의 회의 주제는 평소와 달랐다.

미국의 경제 문제나 중동에서 벌어지고 있는 IS와의 전쟁에 관한 사안이 아니었다.

그렇다고 이슬람 극단주의 테러 조직의 테러 위협이나 남미의 마약 카르텔 문제도 아니었다.

오늘 백악관에서 회의가 열린 것은 바로 동북아시아의 정세 때문이었다.

동북아시아는 미국으로서도 결코 무시할 수 없는 지역이다.

러시아와 중국을 견제하기 위해 지정학적으로 무척이나 중요한 곳인 것이다.

미국으로서는 항상 영향력을 유지해야 할 필요성이 있었다.

한데 최근 들어 이 지역의 상황이 녹록치 않았다.

미국의 서부 지역 최전방이 할 수 있는 대한민국의 정세가 미국의 손아귀에서 벗어나 버린 것이다.

미국의 뜻과 달리 덜컥 통일을 해버리더니, 급속히 발전을 이뤄 나갔다.

그 과정에 미국은 아무런 수도 쓸 수가 없었다.

몰래 손을 쓰려고 해도 허탕만 치고 말았다.

언제 그렇게 발전을 했는지 대한민국은 미국의 몹쓸 시도를 철저하게 막아낸 것이다.

뿐만 아니라 온갖 증거를 들이대며 역으로 항의를 해왔
다.

이는 미국으로서 무척이나 자존심이 상하는 문제였다.

그럼에도 아무 말도 할 수 없었다.

잘못을 저지른 것은 자신들이 맞기에.

걸리지 않았다면 자신들은 상관없다고 잡아뗄 수도 있었
을 것이다.

하지만 어떻게 된 일인지 최정예 요원들이라고 불리는 이
들이 한국에 들어가기만 하면 모조리 붙잡혔다.

차라리 격전을 벌이다 죽기라도 했다면 오히려 자국민을
살해했다고 덤터기를 씌울 수라도 있을 것이다.

문제는 그런 생각을 알고 있기라도 한 것처럼 족족 생포
를 하니, 어쩔 도리가 없었다.

그로 인해 몇몇 고위 인사가 책임을 물어 좌천되기도 했
다.

결론적으로 말해 이제 대한민국은 더 이상 미국의 기침
한 번에 벌벌 떨던 약소국이 아니었다.

대한민국은 미국도 상상하지 못한 엄청난 물건들을 만들
어내며 승승장구했다.

미국은 그저 손가락을 문 채 바라볼 수밖에 없었다.

욕심은 나지만 방도가 없었다.

갖은 수단을 동원해 수한을 미국으로 데려가려 하였지만, 모든 시도가 실패하였다.

그 때문에 미국은 오히려 막다른 곳에 몰리게 되었다.

외부에 알려지진 않았지만, 한국과 미국의 고위층에서는 이미 그런 문제로 인해 몇 번의 마찰이 빚어지기도 했다.

그때마다 미국은 한국에 손해를 끼친 것에 대한 보상을 해줘야만 했다.

그렇게 한국은 차근차근 발전을 해 나가며 자력으로 70여 년 만에 민족의 염원이던 통일마저 이루었다.

그야말로 엄청난 저력이 숨어 있는 나라가 바로 대한민국이었다.

한데 그런 대한민국을 상대로 중국이 전쟁을 선포하였다.

수많은 인구와 시장 지배력을 바탕으로 세계를 압도하는 중국과 새로운 강자로 떠오르기 시작하는 한국.

사실 미국의 입장에선 두 국가의 전쟁은 손해나 마찬가지였다.

대한민국은 오랜 혈맹인데다 팽창하는 중국과 러시아를 견제할 수 있는 지정학적 위치에 있는 국가로, 미국의 본토 방위에 없어서는 안 될 나라다.

그리고 중국은 미국 경제에 미치는 영향이 지대한데다 만약 전쟁으로 인해 경제가 망가지면 미국 역시 크나큰 위기에 빠지고 말 것이다.

아니, 미국뿐만 아니라 세계 경제가 타격을 입을 것이다.

때문에 미국은 물론이고, 전 세계가 숨을 죽인 채 중국의 선전포고를 지켜보고 있는 중이었다.

"말론 국장, CIA에선 이번 중국의 선전포고를 어떻게 보고 있나?"

존 슈왈츠 대통령이 말론 CIA 국장을 보며 물었다.

이번 전쟁의 전개가 어떻게 이어질지 파악하려는 의도에서였다.

그런 대통령의 질문에 말론 국장은 더없이 심각한 표정으로 대답을 하였다.

"아무래도 중국과 한국의 전쟁은 장기전으로 치달을 가능성이 큽니다."

"아니, 어째서지? 일본도 끼어들 것이라 하던데 말이야."

슈왈츠 대통령은 중국이 선전포고를 한 이면에 어떤 배경이 깔려 있는지 잘 알고 있었다.

어찌 보면 중국의 선전포고는 일본의 사주라 볼 수 있

었다.

일본은 지금 심각한 국가 위기에 처해 있었다.

지진이나 화산 같은 자연재해는 일상적인 일과 다름없는 일본이지만, 문제는 날이 지날수록 그 정도가 심각해진다는 것이었다.

이제는 본토의 안녕을 장담할 수 없는 수준에까지 이르렀다.

사실 이는 전적으로 자승자박이라 할 수 있는 일이었다.

일본 정부는 전력 문제를 해결하기 위해 전 국토에 걸쳐 핵발전소를 건설했다.

한데 지진이나 화산활동이 활발해지면서 예전의 안전 대책을 넘어서는 위력을 보이는 사례가 빈번해졌다.

쓰나미로 인해 참사가 빚어진 후쿠시마의 사례가 언제 재발할지 모르는 것이다.

사실 아는 사람은 다 아는 사실이지만, 현재 일본은 후쿠시마만이 문제가 아니었다.

정부 차원에서 필사적으로 정보를 차단하고 있지만, 일본 전 지역이 방사능 문제에 있어 안전하지 않았다.

그렇기에 일본의 지도층은 본토를 버리는 한이 있더라도 안전한 땅을 갖기를 소망했다.

사실 일본은 오래전부터 그런 땅이 있음을 잘 알고 있고, 한때 그 땅을 지배한 적도 있었다.

그랬기에 일본 정부는 통일이 된 한반도 땅을 다시 한 번 욕심냈다.

그 과정에서 세계의 경찰을 자처하는 미국에 로비를 하여 일본이 한반도를 침략하더라도 묵인해 줄 것을 부탁했다.

물론 그 대가로 일본은 많은 것들을 약속하였다.

일본이 가지고 있는 미국 국채를 탕감해 주는 것은 물론이고, 미국이 원하는 기술들을 적극적으로 이전해 주기로 하였다.

물론 기존 한국이 가진 지정학적 위치의 역할을 그대로 계승하여 미국 본토를 지키는 데 적극 협조를 하겠다는 약조도 맺었다.

일본의 로비는 결국 결실을 맺었다.

미국 정계가 일본의 조건을 수용한 것이다.

사실 미국 입장에서는 중국과 러시아의 직접적인 위협으로부터 벗어날 수만 있다면 한반도가 어떻게 되든 별 상관이 없었다.

아니, 사사건건 신경이 쓰이는 한국보다 오히려 말 잘 듣는 일본이 미국의 입장에선 오히려 더 나은 것일 수도 있었다.

다만, 거기에도 걸리는 부분은 있었다.

일본이 자신들에게만 로비를 한 것이 아닌 탓이다.

중국에도 로비를 하여 함께 한국을 도모하기로 밀약을 맺었다는 것이다.

미국의 입장에선 양다리를 걸치고 있는 일본의 태도가 썩 달갑지 않았다.

그렇기에 지금 슈왈츠 대통령도 찜찜한 기분을 끝내 떨쳐 내지 못하고 있는 것이었다.

그저 적절한 때 자신들이 개입하여 중국이 한반도에 발을 들이지 못하게 하면 된다는 생각을 했지만, 말론 국장의 대답은 그의 예상을 벗어나는 것이었다.

"겉으로 드러난 한국의 전력으로는 어떻게든 장기전으로 가져가 막을 수 있을 것입니다. 하지만 일본이 중국의 편을 들으면 한국은 감당할 수 없습니다."

"그렇지. 그런데 어떤 근거로 조금 전 그런 말을 한 것인가? 혹시 우리가 모르는 저들의 숨겨진 전력이 있다는 말인가?"

"그렇습니다. 저희가 파악한 것만도 두 곳이나 됩니다."

"아니, 우리가 모르는 한국의 전력이 두 군데나 된다니,

그곳이 어딘가?"

사실 오래전부터 미국은 한국의 전력에 대하여 손바닥 들여다보듯 파악하고 있었다.

그럴 수 있던 이유는 다름 아닌 한국의 군 장성이었다.

친미 성향의 군 장성들은 한국군의 배치에서부터 장비 구입에 관한 것까지 세세하게 미국에 알려주곤 했던 것이다.

아무튼 슈왈츠 대통령은 새로운 전력이라는 말에 눈을 크게 뜨며 대답을 재촉했다.

"일단 정규군은 아니지만, 다들 알고 계시는 지킴이 PMC가 있습니다."

"아, 지킴이 PMC. 그들이 있었지……."

슈왈츠 대통령이나 NSC 위원들은 자신들도 잘 알고 있으면서 미처 생각지 못한 한국의 전력을 그제야 기억해 냈다.

"비록 그들이 정규군은 아니지만, 그들의 전력은 절대 무시할 수 없습니다. 이미 중동 지역에서 IS를 상대로 그들이 이뤄놓은 성과만 봐도 엄청나니 더 이상 설명하지 않겠습니다. 그리고……."

말론 CIA 국장의 말이 이어질수록 NSC 위원들과 슈왈츠 대통령의 입은 쩍 벌어졌다.

그만큼 말론 국장의 들려주는 내용이 엄청난 탓이었다.

"2023년, CIA가 한국에서 비밀 작전을 벌이던 특수팀이 생포된 사건을 기억하십니까?"

CIA는 창립 이후 미국을 위해 상당히 많은 작전들을 펼쳐 왔다.

그중에는 외부에 알려지면 안 될 극비 임무도 무수했다.

물론 대부분의 작전들은 성공을 거뒀지만, 실패한 사례도 존재했다.

그런 가운데 CIA가 가장 큰 피해를 입은 작전이 하나 있었다.

그게 바로 동맹인 대한민국을 상대로 펼친 작전이었다.

세계 최초로 상용화에 성공한 플라즈마 실드 발생 장치를 빼돌리는 임무.

그리 어렵지 않게 성공할 것이란 예측과 달리 CIA는 대실패를 맛봐야만 했다.

물론 결과적으로는 미군도 플라즈마 실드 발생 장치를 사용할 수는 있었다.

덕분에 많은 장병들의 생명을 구하기는 했고.

하지만 그 작전으로 인해 미국은 많은 손해를 보았다.

아니, 손해도 문제지만 동맹국을 상대로 비밀 작전을 펼

첬다는 것으로 인해 질타를 받을 수밖에 없었다.

그나마 다행이라면 한국의 입장에서도 미국에 얻어낼 것이 많아 다른 나라에는 그러한 사실이 알려지지 않았다는 것이다.

아무튼 말론 국장은 CIA 국장으로서 자신의 허물일 수도 있는 사례를 언급하며 이 자리에 있는 이들의 생각을 일깨웠다.

"그 당시 저희 특수팀은 메타 물질이라는 특수 장비를 사용하여 침투를 했음에도 모두 사로잡히고 말았습니다. 게다가 당시 한국의 특수부대는 우리도 겨우 개발에 성공하여 특수부대 일부에서만 운용 중인 파워 슈트를 보다 진보된 형태로 운용하고 있었습니다."

말론 국장은 2023년 당시 CIA 처리팀이 귀국 후 진술한 내용을 바탕으로 작전을 복기했다.

그러고는 라이프 메디텍 보안대의 파워 슈트가 자신들이 개발한 파워 슈트보다 더욱 진보된 형태의 것이라 판단을 내렸다.

그의 판단은 틀리지 않았다.

다만, 그의 예상과 달리 몇 세대 더 진보한 형태였지만 말이다.

사실 그 부분에서도 말론 국장이나 CIA 분석관들이 잘못 인식하고 있는 부분이 있었다.

당시 CIA 처리팀을 생포한 것은 대한민국의 특수부대가 아닌, 라이프 메디텍의 보안대였다.

그리고 뒤늦게 윤재인 대통령의 요청으로 대통령 직속 부대인 SA에 당시 라이프 메디텍 보안대가 착용하던 파워 슈트의 다운그레이드 제품이 보급되었다는 사실까지는 알지 못했다.

"완벽하게 파악된 것은 아니지만, 당시 그 특수부대가 중국이나 일본의 수뇌부를 암살한다면 그 순간 전쟁은 끝이 납니다. 중국과 일본으로서는 손을 써보지도 못하고 무너질 수도 있는 일입니다."

"음, 확실히 그런 자들도 있었지. 그럼 우린 어떤 입장을 취하는 것이 좋을 것 같나?"

슈왈츠 대통령의 질문에 말론 국장은 잠시 고민을 하다 자신의 생각을 말했다.

"지금처럼 유감을 표명하면서 사태를 지켜보다 적당한 때에 끼어들어 중재를 하는 것이 좋을 것 같습니다."

자신이 생각하던 바와 비슷한 결론을 내리는 말론 국장의 말에 슈왈츠 대통령은 조금 의아한 표정을 지었다.

"그건 조금 전 자네의 말과 조금은 다른 것 같은데?"

조금 전, 말론 국장은 비밀 전력이 있으니 겉으로 보이는 것보다 한국이 더 유리하다는 말을 했다.

그런데 지금 그가 하는 말은 그때와는 전혀 달랐다.

슈왈츠 대통령으로서는 의아해하지 않을 수 없었다.

"저희 CIA 전쟁 시나리오 작가들의 판단에 따르면, 한국도 핵무기를 보유하고 있기 때문에 끝장을 보지 않고 적당한 때에 타협을 맺을 것이란 결론을 내렸습니다. 그러니 저희는 두 나라가 적당한 때 협상을 할 수 있도록 중재하는 것이 최대한의 이익을 보장할 수 있을 것이란 판단입니다."

말론 국장의 제안에 슈왈츠 대통령이나 NSC위원들은 모두 생각에 잠겼다.

이 자리에 모인 사람들은 모두 미국의 이익을 위해서 움직였다.

그러니 아무리 일본이 미국에 많은 이득을 챙겨 주겠다고 약속을 한다 해도 그 말을 쉽사리 받아들이지 않았다.

집단이나 국가의 이익을 위해 이면의 약속은 무시되는 경우가 비일비재했다.

화장실 들어갈 때와 나올 때 생각이 다르다는 말처럼 일본이 과연 약속을 지킬지 의문인 것이다.

물론 초강대국 미국을 상대로 약속을 어길 배짱이 일본에게 있을지는 알 수 없는 노릇이었지만, 아무튼 어떤 것이 미국의 입장에서 최대의 이득인지 그들은 곰곰이 생각에 잠겼다.

　북경.

　한국에 선전포고를 한 중국 정부는 매일같이 회의를 진행하고 있었다.

　대한민국 정부도 중국의 일방적인 선전포고에 연일 대책 회의를 열고 있지만, 사정은 중국도 마찬가지였다.

　일본의 꼬임에 넘어가 덜컥 선전포고를 하기는 했지만, 뒤늦게 자신들이 너무 낙관적으로 생각했다는 것을 깨달은 것이다.

　한국은 자신들로 인해 2025년 핵보유국 지위를 인정받았다.

　비록 구 북한이 개발한 핵무기지만, 한국 정부는 포기하지 않고 비밀리에 보유하고 있다가 기회가 되자 중국의 입을 통해 그 사실을 세계에 알리며 핵무기 보유를 선언하였다.

핵확산 금지 조약에서 벗어난 경우였기에 미국이나 기존의 핵무기 보유국에서 어떤 제제를 하려고 해도 꼬투리를 잡을 구실이 없었다.

그런데 거기에 NPT 가입국인 중국이 한국의 핵무기 보유를 인정한다고 하였으니, 어쩔 수 없이 다른 가입국들도 따를 수밖에 없었다.

뒤늦게 그에 대한 기억을 떠올린 중국 지도부는 연일 대책 회의를 열었다.

"일을 어떻게 처리하기에 이런 중요한 사실을 이제야 말을 하는 것인가!"

주진평 총서기는 호통을 치며 장내를 둘러보았다.

서슬 퍼런 주진평의 기세에 위청산이 목을 움츠렸다.

이번 전쟁에 적극 찬성을 했던 그로서는 큰 패착이 아닐 수 없었다.

위청산은 욕심에 눈이 어두워 한국을 공동으로 점령하고 그들이 가진 기술들을 차지하자는 일본의 말에 홀라당 넘어갔다.

그런데 한국이 핵무기를 보유한 사실을 뒤늦게 깨닫게 되자 앞이 막막했다.

자신이 생각하던 장밋빛 미래는 아침 햇살을 받은 물안개마냥 사라지고 말았다.

막말로 전쟁에서 승기를 잡는다 해도 한국이 최후의 순간에 죽기 살기로 핵무기를 날린다면 그 결과는 불을 보듯 빤했다.

자신들이야 목표로 하는 것이 많다 보니 핵무기를 사용할 수 없지만, 한국은 아니었다.

사실 한국은 몇 년 뒤면 한반도에 버금가는 땅을 중국으로부터 할양 받을 예정이었다.

그때쯤이면 한국의 인구 또한 1억 명이 넘어갈 테니 발전 가능성은 무궁무진했다.

굳이 외부에 눈을 돌릴 필요가 없는 것이다.

그런데 중국이 가만히 있는 한국을 먼저 건드리는 입장이 되었기에 한국으로서는 최후의 수단으로 핵무기를 사용할지도 모를 일이었다.

하지만 이제 와 선전포고를 뒤로 무를 수도 없고…….

중국으로서는 진퇴양난(進退兩難)의 처지에 놓인 셈이었다.

전쟁을 하자니 얻을 것이 없고, 그렇다고 그냥 물러나자니 전 세계에 큰소리를 쳐놔서 체면을 구기게 생겼으니, 정말이지 난감한 것이다.

총서기인 주진평의 입장에선 더욱 그러하였다.

그동안 탄탄하게 권력 기반을 다져 놨는데, 2025년 한 번 실기를 하였다.

그 때문에 주진평은 대규모 숙청을 단행한 아픔이 있었다.

물론 희생양을 내놓아 주진평의 권력 기반에는 그리 큰 충격은 없었지만, 어찌 되었든 그로 인해 동지였던 리창준이 숙청을 당하지 않았는가.

만약 이번에도 이렇다 할 성과가 없을 시에는 주진평 자신의 지위도 안심할 수 없었다.

정적에게 빌미를 제공해 권좌에서 물러날 수도 있기에 그는 지금 치밀어 오르는 분노를 참을 수가 없었다.

심양 군구의 괴멸 이후 주진평은 권좌를 지키기 위해 그동안의 팽창정책을 과감히 포기했다.

눈물을 머금으며 자치구들을 독립을 시키고 내실을 다졌다.

그런데 이렇게 어이없게 실기를 하게 될 줄은 주진평으로도 전혀 상상하지 못한 바였다.

어떻게든 실기한 것을 만회할 방법을 찾아야만 했다.

일단 한국에 선전포고를 했으니 어떻게든 전쟁에 승리를 거둬 자신의 실수를 덮어야만 했다.

만약 전쟁에서 승리를 거두지 못한다면 그 뒷감당은 생각하기도 싫었다.

자신의 실각(失脚)만으로 끝나지 않을 것을 너무도 잘 알기 때문이다.

"일본의 계략에 속은 것 같습니다."

"일본의 계략?"

"예. 저희가 선전포고를 하면 일본도 뒤이어 한국에 선전포고를 한다고 했는데 아직까지 조용한 것을 보니, 어쩌면 일본은 우리와 한국을 싸움 붙이고 어부지리를 노린 것이 아닌가 의심이 듭니다."

전인대 상무위원인 장거장은 인상을 찌푸리며 말을 하였다.

그리고 그건 어느 정도 맞는 이야기였다.

일본은 중국과 한국이 치고받고 싸울 때 뒤통수를 쳐 어부지리를 취할 계획을 가지고 있었다.

그런데 그런 사실을 뒤늦게 깨달은 중국으로서는 어떻게든 대책 마련이 시급했다.

"서기장 동지, 차라리 이번 기회에 일본에게 태도를 확실히 취하라고 압박하는 것이 어떻겠습니까?"

이번에는 중앙 기율 검사위원회 서기인 장지량이 한마디를 보탰다.

불확실한 태도를 보이는 일본에게 결정을 종용하자는 의견이었다.

장지량의 말에 자리에 있는 모두가 고개를 끄덕였다.

현재 한국에 선전포고를 한 것은 중국뿐이었다.

정작 한국을 도모하자고 말을 꺼낸 일본은 테러가 발생한 뒤 그저 뒤로 물러서 중국이 선전포고하는 것을 지켜보고만 있었다.

자신들은 최대한 피해를 덜 받겠다는 태도나 마찬가지였다.

실제로 중국은 한국에 선전포고를 한 뒤, 대외적으로 고립되어 갔다.

테러라는 비극에 위로를 하지는 못할망정 어려운 상황에 처한 한국에 선전포고를 한 중국에 대하여 비난을 쏟아낸 것이다.

뿐만 아니라 중국산 물건에 대한 불매운동도 세계 각지에서 벌어지고 있었다.

하지만 정작 함께 테러를 모의했던 일본은 아무런 영향도 받지 않았다.

아니, 우습게도 무역수지 쪽에서 소폭 흑자를 올리고 있었다.

불매운동으로 인해 중국산 물건들의 판매가 부진한 틈을 타 일본산 제품들이 팔리고 있었기 때문이다.

"음, 일단 심양에 모인 부대를 한국과의 국경 근처로 전진 배치하여 저들의 상태를 점검하기로 한다. 그리고 위청산 부총리는 일본으로 가서 엄중 항의를 하고 태도를 확실하게 취하라 경고를 하시오. 만약 일본이 우리와의 약속을 저버린다면 한국이 아닌 일본과 일전을 벌이겠다고."

주진평은 일단 부대를 움직여 한국군의 상황을 알아보기로 마음먹었다.

그와 동시에 위청산 부총리에게는 일본 정부에 약속 이행을 촉구하도록 지시를 내렸다.

만약 일본이 약속을 저버린다면 주진평은 참지 않을 생각이었다.

지금까지 벌어진 일의 전모가 일본의 음모임을 밝힌 후 한국과 손을 잡고 일본을 공격하든, 아니면 중국 단독으로라도 일본과 전쟁을 벌이겠다는 경고였다.

위청산은 가만히 고개를 끄덕였다.

사실 현재 상황으로서는 주진평이 한 말이 정답일 수도 있었다.

어쩌면 일본의 태도를 보고 나서 움직이는 것이 최대한 피해를 줄이는 방법이었다.

비록 중국에 미치지는 못해도 한국 또한 핵무기를 보유한 국가다.

반면, 일본은 경제는 대국일지 모르지만, 아직까지 핵무기는 없었다.

아무리 최첨단 무기를 보유하고 있다 해도 핵무기와는 끼치는 영향력이 확연히 달랐다.

최고 상무위원들의 회의가 끝나고, 임무를 받은 위원들은 발 빠르게 움직이기 시작했다.

주진평 총서기가 지시한 것을 이행하기 위해서.

5.
전쟁의 서막 2

수니파 과격 무장 테러 단체인 IS는 현재 중동에서 막대한 영향력을 끼치고 있었다.

그들은 본거지인 시리아 북부는 물론이고, 다년간 미국을 비롯한 동맹군을 상대로 전쟁을 벌이면서도 밀리지 않았다.

그 덕분에 많은 이슬람 테러 조직의 지지가 이어지고, 이슬람 국가 일부에서는 이들을 지원하기 위한 자금과 병력을 보내기도 하였다.

하지만 영원할 것 같던 IS의 위세도 작년 가을을 기점으로 흔들리기 시작하였다.

야심차게 준비한 쿠웨이트 침공 작전은 미국과 동맹군들

을 모두 속이며 한때 성공을 거두는 듯 보였다.

하지만 쿠웨이트 침공은 예전 이라크의 후세인이 그러하였듯 결국 실패로 돌아가고 말았다.

일개 민간 군사 기업의 개입으로 막강했던 IS의 기갑 군단은 사막에 내린 빗물처럼 흔적 없이 사라지고 말았다.

비록 구형이기 하지만 개량에 개량을 거듭해 화력만큼은 어디 내놔도 밀리지 않을 전력이었는데, 쿠웨이트에서 처참하게 전멸을 맞이하였다.

그 뒤로 IS는 이라크 북부 거점들을 하나둘 잃고, 결국 이라크에서 철수를 할 수밖에 없었다.

뼈아픈 패배를 경험한 IS는 일련의 사태에 대한 원인을 분석했다.

그리고 이 모든 일의 원인이 지킴이 PMC 때문이란 것을 그제야 깨달을 수 있었다.

한때 쿠웨이트를 점령했다가 다시 빼앗긴 것이나, 이라크 북부 지역에서 힘을 잃고 시리아로 돌아온 모든 일에는 지킴이 PMC란 곳이 연관되어 있었다.

그래서 복수를 했다.

자신들이 아직 죽지 않았음을 알리기 위해, 자신들의 존재를 알리기 위해 저 먼 동양의 작은 나라까지 날아가 테러를 자행했다.

그런데 대한민국은 유럽의 다른 나라와 달랐다.

공포에 떨기보다는 오히려 복수를 천명했다.

사실 거기까지는 미국이나 유럽의 국가들과 별다를 바가 없었다.

하지만 이후 나타난 사태는 예상을 뛰어넘는 것이었다.

통일을 이룬 지 얼마 안 되는 나라이면서도 남과 북, 양측에서 자원입대를 신청하는 이들이 줄을 이었다.

그들은 분노했으며, 용서를 말하지 않았다.

오히려 IS보다 더 복수를 외쳤다.

그 모습을 지켜본 IS 지도부와 단원들은 알지 못할 두려움을 느꼈다.

유럽의 많은 나라들도 복수를 다짐하고 언론에 떠들긴 했지만, 성과를 거둔 나라들은 없었다.

그들은 그저 미사일을 날리거나 폭격기를 이용한 폭격 정도만으로 복수를 했다고 떠들어 댔다.

그런데 한국은 달랐다.

언론에 대고 복수를 하겠다고 하는 것은 여느 나라와 다를 바가 없었다.

하지만 그 이후의 대처가 달랐다.

대한민국 정부는 IS에 대한 복수를 자국 소속 PMC에 의뢰하였다.

처음에는 그것이 어처구니없게 느껴지기도 했다.

군대도 아닌, 고작 PMC에 복수를 의뢰한다는 말에 한국인들을 비웃었다.

하지만 비웃음을 이어가지는 못했다.

대한민국 정부가 복수를 천명한 지 1주일도 지나지 않아 IS의 주요 거점 중 하나인 하사카가 초토화되었다.

그저 건물이 부서진 것이 아니었다.

그곳에 주둔하고 있던 IS의 간부와 단원들이 모조리 사살된 것이었다.

그리고 하사카를 중심으로 톨 타머와 터키 국경에 있는 IS의 병력들도 모두 죽었다.

말 그대로 IS와 관련된 이들은 개미 새끼 한 마리 남기지 않고 몰살을 당했다.

다만, 15세 미만의 어린아이와 미리 투항한 사람들을 제외하고는 모두 죽었다.

지킴이 PMC는 절대로 포로를 남기지 않았다.

항복을 한 IS 단원들은 뒤따라오는 동맹군에 넘기고 신속하게 이동하며 IS를 찾아 다녔다.

윤재인 대통령의 말처럼 IS와 끝장을 보겠다는 의지가 분명했다.

그들은 어떤 전투에서도 물러나지 않았다.

이쯤 되자 이교도와의 전쟁은 성전(聖戰)이라며 결코 물러서지 않던 무슬림 전사들도 지킴이 PMC와의 전투는 피하기 시작하였다.

상황이 그렇게 흘러가다 보니 IS는 자신들의 본거지인 라카 주로 모여들었다.

소수로는 도저히 지킴이 PMC를 감당할 자신이 없기에 대규모 병력이 모여 있는 본거지로 집결하는 것이었다.

공식적으로는 시리아의 땅이지만, 오래전부터 이곳은 수니파 무장 단체인 IS에 점령된 상태였다.

또한 자체적으로 이슬람 국가[Islamic State]라 천명한 IS의 수도가 되었다.

물론 국제사회에서 전혀 인정하지 않는 사실이지만, 어찌되었든 이곳 라카는 현재 IS의 수도인 셈이었다.

당연한 말이지만, 전 세계에 테러를 자행한 IS에게 보복하기 위한 국가들의 폭격으로 많은 건물들이 온전한 형태를 유지하지 못했다.

하지만 그런 폐허 속에서도 사람들은 살아가고, 또 많은 숫자의 IS 단원들이 생활을 하고 있었다.

물론 라카에 살고 있다고 모두 IS 단원은 아니었다.

다만, 겉으로라도 IS에 반하는 행동을 하지는 않았다.

만약 그런 행동을 했다가는 목숨을 부지할 수 없기 때문이다.

IS의 단원과의 결혼을 거부한 많은 이슬람 여성들이 무참히 살해당한 것은 이미 만천하에 알려진 사항이다.

더욱이 미성년자인 아이들에게도 과한 처벌을 하는 것은 두말할 것도 없었다.

IS의 공포정치는 라카 시에 만연해 있었다.

그런 라카에 언제부터인가 긴장감이 돌고 있었다.

마치 한계까지 팽창한 풍선이 곧 터질 것만 같은 긴장감.

그동안 라카를 지배하며 공포정치를 펼쳐 오던 IS의 지도부의 심정도 다를 바가 없었다.

라카 시 중심부, 시청 청사 지하.

일단의 사람들이 모여 회의를 하고 있었다.

"다른 형제들은 어떻게 되었나!"

IS의 수장인 압둘라는 방 안에 있는 사람들을 둘러보며 소리쳤다.

지금 이 자리에 있는 이들은 하사카와 데이르에즈조르 주에서 넘어온 IS 지도자들이었다.

해당 지역에서 압둘라에 못지않은 위상을 가지고 다스리던 이들이 본거지를 뒤로하고 이곳 라카에 집결하였다.

그런데 그들의 모습은 참으로 가관이었다.

얼마나 극심한 고초를 겪었는지 한눈에 알 수 있을 정도로 행색이 무척이나 남루하였던 것이다.

몇몇은 머리에 부상을 당한 것을 대충 옷을 찢어 막았는지 상처 부위가 지저분했으며, 옷 또한 정상적이지 않았다.

다른 일부는 팔과 다리에 부상을 당했는지 거동이 몹시 불편한 모습이었다.

패잔병과도 같은 그들의 행색에 압둘라는 화가 나 큰소리를 쳤다.

하지만 그들에게서는 아무런 대꾸도 없었다.

살기 위해 급하게 본거지를 빠져나와 다른 피난민들과 함께 라카로 도망친 것이 그들이 한 전부였다.

한밤중 갑자기 총성과 포탄 터지는 소리가 들리더니, 주변은 순식간에 불바다가 되었다.

호위 병력과 함께 급히 빠져나왔지만, 그 와중에 많은 호위 병력들이 몰살당했다.

　그렇게 간신히 살아남아 이곳까지 이른 참이라 아직도 경황이 없었다.

　당연히 다른 간부들의 행방에 대해선 알고 있는 것이 없었다.

　그랬기에 압둘라의 물음에 답을 하는 이가 없을 수밖에.

　사실 압둘라도 이들의 행색을 보며 당시의 상황이 머릿속에 그려졌다.

　그래도 물을 것은 물어봐야만 했다.

　현재 이곳 라카에 모여들고 있는 IS의 전력과 점점 몰려오는 적의 전력을 비교해 보기 위해선 하나라도 많은 정보가 필요했다.

　사실 한때는 동생을 죽인 한국인들에게 복수를 다짐하며 광기를 부린 적도 있었다.

　하지만 한국인은 겪으면 겪을수록 두려워지는 존재였다.

　어쩌면 자신들과 비슷한 성향을 띠고 있는 것처럼 느껴지기도 했다.

　목적을 위해선 물불 가리지 않고 전진하는 맹목적인 성향.

한국인들도 그런 맹목적인 성향을 보이며 자신들을 압박해 오고 있었다.

마치 의도한 것처럼 자신들을 이곳 라카로 몰아넣으며.

압둘라는 정말로 적이 원해서 그렇게 하는 것인지, 아니면 적에게 패배한 자신의 동지들이 본능적으로 이곳 라카로 집결하는 것인지 판단을 해야 했다.

만약 의도적으로 일을 꾸민 것이라면 적은 자신이 생각하는 이상으로 무서운 존재일 것이고, 그러 동지들이 본능적으로 이곳이 안전하다 느껴 피신을 한 것이라면 자신은 동지들을 잘못 선택한 것일 뿐이다.

그래서 그러한 것들을 판단하기 위해 압둘라는 지금 이곳에 있는 IS의 지도자들이나 다른 단원들의 의견을 들어야만 했다.

하지만 자신의 질문에 제대로 답을 하는 간부들이나 단원은 하나도 없었다.

그저 공포에 찌든 패잔병만 있을 뿐이었다.

타! 타! 타! 탕!

총알이 빗발치는 전장, 갑옷 같은 복장을 갖춰 입은 일단의 존재들이 벽돌로 된 건물을 향해 총을 쏘아댔다.

건물 안에서도 일단의 인물들이 응사를 했다.

바로 지킴이 PMC가 IS의 본거지 중 하나인 하사카를 공격하는 모습이었다.

지킴이 PMC는 많은 숫자의 IS단원들이 이곳에 모여 있다는 정보를 듣고 기습을 하였다.

정부의 의뢰로 IS와 전쟁을 벌이고 있는 지킴이 PMC는 이곳 하사카에 IS의 간부들이 있다는 정보를 얻었다.

그래서 이들을 처리하기 위해 기습을 하였는데, 일단 거점 중 한곳이라 그런지 IS의 반격도 만만치 않았다.

물론 그 반격이란 것이 파워 슈트로 무장을 한 이들에게 위협이 되는 수준은 아니었지만.

그래도 간간이 RPG나 메티스 대전차 미사일이 날아올 때면 간담이 서늘하기도 했다.

"야! 황의주! 내부 확인해!"

"알겠습네다!"

지킴이 PMC의 구대장 홍인규는 저격수인 황의주에게 지금 전방에서 반격을 하고 있는 건물 내부를 확인하란 명령을 내렸다.

사실 조금 전 다른 건물로 IS를 척결하러 들어갔다가 생각지도 못한 RPG 공격으로 하마터면 골로 갈 뻔했다.

그런 탓에 건물 내부에 혹시 무기를 숨겨놓은 적이 있는지 알아보기 위해서였다.

방사성 원소를 이용한 스코프로 건물 내부를 확인 가능한 황의주는 홍인규의 명령이 떨어지기 무섭게 전방에 있는 건물 내부를 살폈다.

다행히 RPG나 대전차 무기 같은 위험한 것은 보이지 않았다.

그저 몇몇 인영만 보일 뿐이었다.

"위험한 것은 보이지 않습네다. 그저 작은 그림자들이 몇 보일 뿐입네다."

"그래?"

홍인규는 황의주의 말에 얼른 머리를 굴렷다.

맡은 지역을 빠르게 정리하고 쉴 생각에 궁리를 하던 그는 곧 명령을 내렸다.

"준식이, 넌 내가 뛰면 엄호를 하라우. 내가 입구에 도착하면 그때 나를 따라 들어오라. 알간?"

"알갔시요."

"그럼 나와 준식이만 건물 안으로 들어갈 것이니, 니들은 옆 건물을 정리하라우.”

“알갔습네다.”

홍인규는 총을 쏘며 건물 앞으로 뛰어갔다.

파워 슈트를 입고 있기에 적이 쏘는 총은 두렵지 않았다.

다만, 어디서 날아올지 모르는 대전차 미사일이나 RPG는 막기 힘들기에 신속하게 움직였다.

타타타탕!

타타닥!

홍인규가 접근하자 건물 안에서는 더욱 요란하게 반격을 해 댔다.

하지만 목표를 보지도 않고 무작정 쏴대는 총에 맞을 홍인규가 아니었다.

물론 몇몇 눈먼 총알들이 홍인규 근처로 날아오기도 했지만, 몸에 맞지는 않았다.

뭐, 맞았다고 해서 생명에 위협을 받을 일도 없었지만 말이다.

건물 입구에 도착한 홍인규는 잠시 숨을 고르고는 다시 건물 안으로 뛰어들었다.

그런데 건물 안으로 들어선 홍인규는 쉽게 들고 있는 총을 쏘지 못했다.

GREAT
그레이트 코리아
KOREA

상대가 너무도 어린 탓이었다.

이제 겨우 초등학교를 들어갔을 것 같은 어린아이.

그 어린아이가 두려운 눈으로 총을 들고 있던 것이다.

그동안 자신들을 공격하던 존재가 이렇게나 어린아이란 것을 확인한 홍인규는 빠르게 접근해 총을 뺏었다.

그러고는 어른들은 어디에 있는지 물었다.

"간나 새끼! 어른들은 어디 갔네?"

홍인규에게 제압당한 아이는 두려운 눈으로 아무런 말도 하지 못했다.

그도 그럴 것이, 홍인규가 하는 말을 알아들을 수가 없기 때문이었다.

"구대장님, 지금 뭐하시는 것입네까?"

뒤이어 들어온 준식이 홍인규를 보며 물었다.

그런 준식의 질문에 홍인규는 고개만 돌려 말했다.

"지금 심문을 하고 있잖네."

"아니, 우리 조선말로 하면 아가 알아 듣습네까? 자들 말로 해야 하지 않갔습네까?"

"아!"

홍인규는 조금 전 자신이 내뱉은 말이 북한 사투리라는 것을 그제야 깨달았다.

그래서 얼른 파워 슈트의 언어 프로그램을 조작해 아이가 알아들을 수 도록 아랍어로 번역시켰다.

그러고는 다시 물어보았다.

왜 어른들의 모습이 보이지 않는 것인지.

아이는 홍인규의 질문에 순순히 대답을 하였다.

"저희만 남기고 모두 라카로 떠났습니다."

홍인규는 아이의 말을 듣고 어처구니가 없었다.

아이들만 남겨두고 IS의 수도인 라카로 떠났다는 말에 기가 막힌 것이다.

"1구대장 홍인규 부장입네다. 현재 이곳에는 아들만 있는 것 같습네다. 다시 한 번 전달합네다. 아들만 있으니 최대한 중화기 사용을 금지해 주시라요."

홍인규는 혹시나 과한 화력을 사용할 것이 걱정이 되어 빠르게 현장 상황을 전달했다.

홍인규의 무전이 전달되자 곳곳에서 최대한 무력을 사용하지 않고 건물 내부를 제압해 나갔다.

결과적으로 작전을 바꾼 것은 탁월한 선택이었다.

자칫했다가는 테러범을 소탕하고도 어린아이들을 학살했다는 트라우마에 시달릴 뻔하였다.

아무리 특수훈련을 거친 정예 병사라 하여도 어린아이나

민간인을 죽이게 되면 정신적 외상을 겪게 된다.

지킴이 PMC들이라고 해서 그런 현상에서 자유로울 수는 없었다.

물론 예전 북한 정권이 존재할 때는 삶 자체가 투쟁이었기에 그에 개의치 않을 수도 있을 것이다.

하지만 통일이 되고 난 이후로 이들의 삶 또한 바뀌었다.

예전에는 상상도 하지 못할 정도로 삶이 윤택해진 상황.

어느덧 이들도 정상적인 사고를 가지고 판단을 내릴 수 있게 되었다.

IS의 잔당을 소탕하기 위해 펼쳐졌던 작전은 어느새 종료되었다.

총성이 멎고 소년병들을 관리하던 IS 단원 몇 명과 IS 단원의 가족인지, 아니면 IS에 억류된 민간인인지 모를 이들을 발견하였다.

"부사장님, 저들을 어떻게 합니까?"

"뭘 어떻게 해? 미군들 오면 넘기고 우린 도망친 놈들을 따라간다."

리철명 부사장은 부하 직원의 말에 단호하게 대답하였다.

리철명은 IS에 대한 적개심이 무척이나 강했다.

그들이 테러를 일으킨 개성시가 바로 리철명의 고향이었

기 때문이다.

비록 고향에 대한 그리움 같은 감정이 있는 것은 아니지만, 일단 자신의 고향이 아닌가.

그런 곳에서 테러가 발생했다는 사실 하나만으로도 IS는 리철명에게 씻을 수 없는 잘못을 저지른 것이다.

그리고 그건 다른 북한 출신의 지킴이 PMC 직원도 마찬가지였다.

중국과 국경을 이루고 있는 압록강.

현재 이곳은 이루 말할 수 없이 초긴장 상태였다.

평소라면 그저 초소에 들어가 중국 쪽을 향해 경계만 하고 있으면 그만이었다.

하지만 지금은 상황이 달랐다.

중국이 대한민국을 상대로 선전포고를 한 터라 병사들은 반지하 벙커에서 실탄을 장전한 채로 중국 땅을 주시하고 있었다.

중국이 선전포고를 한 지도 벌써 일주일이 되어가고 있었다.

하지만 아직까지 어떤 도발도 없었기에 조금은 긴장이 풀어지고 있었다.

"김 일병, 난 좀 눈 좀 붙일 테니, 잘 보고 있다 깨워라."

안기준은 자신과 함께 경계 근무를 서고 있는 김상식 일병에게 말하고는 벙커 한쪽에 쪼그려 앉아 졸기 시작했다.

일주일간 한껏 긴장을 하고 있다 보니 피곤하지 않을 수가 없었다.

작업 등을 하지 않아 육체적으로는 문제가 없지만, 언제 전쟁이 벌어질지 모른다는 긴장감은 병사들을 금방 지치게 만들었다.

비단 안기준과 김상식뿐만 아니라 인근 벙커에서도 비슷한 상황이 벌어졌다.

당연한 말이지만 지금 피곤한 것은 안기준 상병만이 아니었다.

그와 함께 근무를 서고 있는 김상식 일병도 피곤하기는 마찬가지였다.

아니나 다를까.

김상식 곧 꾸벅꾸벅 졸기 시작하였다.

엎친 데 덮친 것이라고 해야 하나.

이들이 졸고 있을 때, 중국 쪽에서 압록강 쪽으로 내려오는 무언가가 있었다.

픽! 픽! 픽! 픽!

"으음! 뭐, 뭐야!"

순간, 벙커 안에서 요란한 소음이 울리기 시작하였다.

잠에서 깬 안기준은 얼른 정신을 차리고 자리에서 일어났다.

하지만 경계를 서야 할 김상식은 아직 깨어나지 못하고 있었다.

"야! 김상식! 너, 뭐하고 있는 거야! 정신 안 차려?"

안기준은 졸고 있는 김상식을 향해 고함을 지르고는 얼른 소리가 나는 곳으로 향했다.

벙커 안에서 소음을 낸 물체는 벙커 외부에 설치되어 있는 동작 감지 센서였다.

넓은 국경을 인간의 눈으로만 감시한다는 것은 사실상 불가능한 일이었다.

그래서 군은 국경에 무인 감지 센서를 설치하였는데, 전방 3㎞ 반경에 움직이는 물체를 감시하는 것이다.

너무 작은 물체는 알아서 걸러내지만, 멧돼지나 노루, 사슴과 같이 사람과 비슷한 몸집을 가진 물체가 움직일 때는 동작을 하게 설정이 되어 있었다.

다른 때 같으면 동물들 때문에 오작동을 일으켰다고 생각할 수도 있을 테지만, 지금은 전시체제였다.

센서가 작동을 했다면 응당 확인을 해야만 했다.

무인 감지 센서에 포착된 물체가 무엇인지 확인하기 위해 벙커 창으로 전방을 확인하던 안기준이 외마디 비명을 질렀다.

"악!"

"무, 무슨 일이십니까, 안기준 상병님?"

김상식은 선임이 밖을 살피다 비명을 지르자 깜짝 놀라 안기준을 불렀다.

"부대 비상 걸어! 어서!"

안기준은 버럭 소리를 질렀다.

하지만 내뱉은 말과 달리 안기준은 자신이 직접 부대에 전화를 하였다.

"통신 보안! P—11 벙커 상병 안기준입니다. 전방 3㎞ 지점에 중국군으로 보이는 다수의 인원이 접근하고 있습니다. 다시 한 번……."

안기준은 방금 전 자신이 망원경으로 확인한 사항을 빠르게 보고하였다.

애앵! 애앵! 애앵!

곧 압록강에 펼쳐진 진지에서 경계 사이렌이 울리기 시작하였다.

그것을 시작으로 중국과 국경을 맞대고 있는 전 지역에서 그와 비슷한 상황이 펼쳐졌다.

지킴이 PMC 본부, 지하 위성 통제실.

"앗! 중국군이 움직이기 시작했습니다!"

위성을 통해 심양에 집결해 있는 중국군을 감시하고 있던 지킴이 PMC의 직원 한 명이 요란하게 외쳤다.

"과장님, 중국군이 국경으로 남하하기 시작하였습니다."

모니터를 들여다보던 직원은 얼른 자리에서 일어나 뒤에 있는 상급자에게 보고를 하였다.

보고를 받은 상급자는 다시 그것을 문익병 사장에게 보고하였다.

지금 위성 통제실에는 지킴이 PMC 직원들만 있는 게 아니었다.

대한민국 군복을 입은 군인들도 있었다.

그들 또한 조금 전 직원이 떠드는 소리를 들었기에 자리에서 일어나 상관에게 보고를 하기 시작하였다.

"충성! 지킴이 PMC 위성 통제실에 파견된 감우성 대위입니다. 조금 전 중국군이 이동을 시작했습니다."

군 사령부에서는 중국이 선전포고를 하고도 공격을 해오지 않자 한껏 긴장하며 사태의 추이를 지켜보았다.

하지만 곧 한계에 부딪치고 말았다.

지금까지는 모든 정보를 미국에 의존하고 있었는데, 관계가 소원해진 현재 중국군에 대한 정보를 받을 곳이 없어진 것이다.

물론 어느 정도 정보를 넘겨주기는 하지만, 그래도 현재 필요한 것은 중국군의 실시간 정보였다.

때문에 수한은 군의 처한 사정을 알고는 먼저 제안을 했다.

지킴이 PMC에서 위성을 운용할 수 있게 허가를 받는 대신 필요한 정보를 공유할 수 있도록 협정을 맺은 것이다.

그래서 지킴이 PMC는 위성 통제실을 공식적으로 운용할 수 있었고, 군은 지킴이 PMC가 보유한 위성을 이용할 수 있게 되었다.

최초의 상황 보고가 이어지고 잠시 후.

타다다닥!

위성 통제실로 달려오는 발자국 소리가 요란하게 울렸다.

덜컹!

"중국군이 움직였다고?"

위성 통제실로 들어온 이는 문익병 사장과 수한이었다.

그리고 조금 뒤, 감우성 대위의 보고를 받은 평양 방위군 사령관 이찬성 대장도 모습을 드러냈다.

이찬성 대장은 평양의 방위군 사령관이면서 동시에 북부군 사령관이기도 했다.

중국과 국경을 이루는 지역은 물론이고, 러시아와 국경을 맞대고 있는 두만강 일대까지 북부 전체를 총괄하는 것이다.

막말로 그의 위에 있는 사람은 대통령과 통합군 사령관뿐이었다.

그런 사람이 지금 지킴이 PMC 본사에 있는 것이다.

육군 본부에도 위성 통제실이 있긴 하지만, 이곳 지킴이 PMC의 위성 통제실보다 장비 면에서 훨씬 떨어졌다.

물론 그렇다 해도 현재 상황을 파악하는 데는 무리가 없었다.

그렇기에 육군 본부에서도 현재 국경 상황을 파악하고 있을 것이 분명했다.

현재 전 세계의 군인들은 디지털 무늬 전투복을 채택하고 있는 추세였다.

그 이유는 위성의 감시나 광학 장비의 감시를 피하는 데 탁월한 성능을 발휘하기 때문이다.

그런데 지킴이 PMC의 위성은 디지털 무늬 전투복의 패턴도 파악해 포착할 수 있는 최신 감시 체계를 가지고 있었다.

그렇기에 조금 전 중국군이 국경으로 이동하는 모습을 파악할 수 있었던 것이다.

위성 통제실에서는 중국군의 움직임을 포착하자마자 비상을 발령하였다.

군부대가 이동하는 것과 민간인들의 피난 동선이 겹치는 일이 없도록 조치한 것이다.

한편, 뒤늦게 위성 통제실로 들어선 이찬성 대장은 전방에 커다란 화면에 실시간으로 보여지는 중국군의 움직이는 모습에 새삼 감탄하였다.

'허허, 부러운 일이군!'

지금 이 안에 있는 장비들만 해도 얼마나 많은 금액이 필요한지 그는 잘 알고 있었다.

군이 야심차게 준비한 육본의 위성 통제실만 해도 국방 예산을 몇 년 동안 아끼고 아껴 겨우 만들었다.

더욱이 위성을 띄워 올리는 데는 또 따로 예산을 편성해 국회에 승인을 받는 복잡한 절차까지 거쳐 가며 힘들게 마련하였다.

그런데 민간에서는 그것보다 더 대단한 장비들을 가지고 있으니, 부러우면서도 한편으로 허탈한 기분이 드는 것이었다.

하지만 지금은 그런 소모적인 감정을 소비할 때가 아니었다.

선전포고를 하고 남하하는 중국군을 막기 위해 총력을 기울여야 할 때였다.

"심양 공항에서 전투기가 이륙하였습니다."

이찬성 대장이 생각을 정리하고 있을 때, 중국군을 감시하던 직원에게서 새로운 정보가 흘러나왔다.

조금 전에는 육상 병력의 이동이었다면, 이번에는 중국 공군 전투기가 발진을 했다는 것이었다.

"문익병 사장, 지금부터 내가 이곳을 통제해도 되겠나?"

이찬성 대장은 전시 상황하에 위성 통제 시설을 군에서 운용한다는 내용을 상기하며 문익병 사장에게 양해를 구했다.

여느 군 장성 같았으면 권위를 내세워 강압적으로 말을 했겠지만, 지킴이 PMC와 현 정부의 관계를 잘 알고 있는 이찬성 대장은 정중하게 요청을 하였다.

이찬성 대장의 말에 문익병 사장은 조심스럽게 옆에 있는 수한을 쳐다보았다.

수한은 살짝 고개를 끄덕였다.

어차피 지금은 전시이기에 자신이 거부를 한다고 해서 될 상황이 아니었다.

전쟁에서 이기기 위해서라면 어떤 민간 물자라도 증발할 수 있는 권한이 군에게 주어진다.

그러니 웃는 얼굴로 협조를 하는 것이 서로에게 좋은 일 이었다.

"그렇게 하십시오. 다만, 대장님께 한 가지만 요청하겠습 니다."

문익병 사장은 승낙을 하면서 한 가지 요청을 덧붙였다.

"감사합니다. 그런데 요청이란 것이 무엇입니까?"

"예. 현재 저희 지킴이 PMC는 정부의 요청으로 중동에 서 IS와 전쟁을 치르고 있습니다. 그래서 현장에 있는 직 원들을 지원하기 위해 위성 하나를 저희가 운용했으면 합니다. 현재 한반도에 세 대의 위성이 있으니 그것만으로도 충분할 것으로 생각됩니다. 그러니…….”

이찬성 대장은 이곳으로 오기 전에야 지킴이 PMC가 인공위성을 운용하고 있다는 사실을 들었다.

그런데 이들이 운용하는 위성이 총 다섯 대라는 것을 듣고는 깜짝 놀랐다.

민간 기업이 위성을 다섯 대나 운용한다는 것은 결코 쉬운 일이 아니기 때문이다.

한데 지금 문익병 사장이 한 대의 위성 사용 요청을 해왔다.

세 대가 한반도를 감시하고 있으니 그것만으로 충분하며, 남는 위성으로 지킴이 PMC 직원들을 위해 사용하겠다는 것이었다.

그런 문익병 사장의 요청은 이찬성 대장이 듣기에 충분한 타당성이 있었다.

어차피 정부의 의뢰로 외국에서 고생을 하고 있는 지킴이 PMC 직원들인 만큼 굳이 막을 필요가 없었다.

사실 문익병 사장의 말처럼 세 대의 위성만으로도 충분하기 때문이다.

뭐, 부족하면 육본이 운용하는 위성까지 함께 통제를 하면 되는 문제이니, 지금은 문익병 사장의 요구를 들어줘도 문제될 게 없는 상황이었다.

"그렇게 하십시오."

"감사합니다."

문익병 사장은 이찬성 대장이 허가를 하자 감사 인사를 전하면서 직원들에게 지시를 내렸다.

"2호실로 이동하여 위성을 운용한다."

위성 통제권을 군인들에게 넘겨주던 지킴이 PMC 직원들은 문익병 사장의 지시가 떨어지기 무섭게 인수인계를 마치고 제2위성 통제실로 향했다.

사실 이곳은 외부에 보여주기 위한 장소였다.

정부와 위성 운영에 대한 허가를 받을 때 이미 준비했던 것으로, 비상시 군이 이곳을 운용하는 것을 전제로 협정을 맺었다.

그런데 지킴이 PMC에는 정부에 알린 위성뿐 아니라 공격 무기를 탑재한 위성이 세 대나 더 있었다.

만약 이곳에서 모든 위성을 통제하게 된다면 비상시 군이 운용하다 그것들을 발견할 수도 있었다.

그렇기에 수한은 만약을 대비해 따로 제2위성 통제실을 마련해 두었다.

평상시에는 이곳에서 모든 위성들을 통제하다가 외부인이 들어왔을 때 다른 곳에서 위성을 통제하기 위해 마련해 둔 시설인 것이다.

당연히 그곳에서의 명령권이 더 우선적이었다.

군사위성의 조작은 물론이고, 이곳에서 통제하는 위성의 감시나 운영권 탈취까지 모두 할 수 있는 곳이었다.

아무튼 지킴이 PMC 위성 통제실 직원들은 문익병 사장의 지시에 따라 제2위성 통제실로 이동하였다.

직원들이 빠져나간 위성 통제실에서 문익병 사장과 수한은 평양 방위사령부 요원들이 위성 통제권을 인계 받아 운영하는 것을 잠시 지켜보다 제2위성 통제실로 이동을 하였다.

문익병 사장의 뒷모습을 잠시 지켜보던 이찬성 대장은 말없이 경례를 하였다.

국가를 위해 이러한 시설을 아무런 저항 없이 넘겨주는 문익병 사장에게 보내는 최고의 예였다.

중국 심양 제1항공 사단의 활주로에는 지금 많은 숫자의

전투기들이 엔진을 점화하고 있었다.

다수의 젠—10과 젠—16이 출동 준비를 마치고 명령을 기다리고 있는 중이었다.

"이봐, 홍첸."

"왜?"

"굳이 전쟁을 해야 되는 것일까?"

젠—16의 조종사인 류강은 자신의 동기인 홍첸에게 말을 걸었다.

당에서 한국에 선전포고를 하고 3년 전에 패배를 되갚아 주기 위해 지상군은 물론이고, 엘리트 집단인 공군까지 동원하는 것이 사실 류강은 마음에 들지 않았다.

아니, 굳이 3년 전의 일로 전쟁을 할 필요가 있냐는 것이 류강의 생각이었다.

더욱이 한국은 그가 알기로 핵무기를 보유한 국가였다.

자칫 잘못했다가는 중국이 핵공격을 받을 수도 있는 일이었다.

그러한 사실을 알기에 류강은 이번 전쟁에 반대하는 입장이었다.

하지만 상위 계급인 그가 반대한다고 해서 참전을 거부할 수도 없었다.

당이 명령을 하면 자신은 따라야 하는 입장이었다.

"아직도 그 소리야? 류강, 우린 위에서 명령을 내리면 그저 따르면 되는 거야. 그런 복잡한 것은 저 위에 있는 분들이나 생각하는 것이라고."

홍첸은 헬멧의 먼지를 닦으며 류강의 말을 받아넘겼다.

홍첸도 사실 이번 전쟁이 썩 달갑지만은 않았다.

그는 얼마 뒤면 결혼을 앞두고 있었다.

몇 년을 쫓아다니며 꼬신 끝에 드디어 여자의 마음을 얻은 것이다.

더욱이 그녀의 아버지와 친척들은 고위직 당 간부.

결혼만 하면 자신의 출셋길은 탄탄대로였다.

하지만 전쟁이란 변수로 인해 결혼식은 무기한 연기가 되었다.

그 때문에 지금 홍첸의 심기는 여간 불편한 것이 아니었다.

만약 말을 한 것이 친구인 류강이 아니었다면 주먹이 날아갔을 정도로 기분이 좋지 못한 홍첸이었다.

더욱이 같은 비행대에 속해 있던 당 간부의 자식은 혹시 모를 위험을 피하기 위해 이번 작전에는 참가하지 않는다고 들었다.

말이야 식중독 때문이라고 하지만 그것이 허울 좋은 핑계란 것은 누구나 알 수 있었다.

— 모두 전투기에 올라라.

스피커에서 명령이 떨어지자 대기하고 있던 조종사들이 전투기에 올랐다.

전투기의 엔진은 이미 예열을 마친 상태라 명령만 떨어지면 언제든 활주로를 달려 상공으로 비상할 준비가 되어 있었다.

— 우리의 목표는 지상군이 도하할 수 있게 국경 너머의 경비 초소와 장애물들을 파괴하는 것이다. 모두들 임무를 마치고 무사히 귀환하기 바란다. 1비행단부터 이륙하라.

명령이 떨어지자 제1전투 비행단부터 하나하나 출격을 시작했다.

전투기들은 곧 편대를 이루며 기수를 한국과의 국경 지역으로 돌렸다.

심양 비행장에 있던 전투기들이 하나둘 떠오르며 전쟁의 서막이 오르고 있었다.

6.
2차 한중전쟁

위성을 통해 중국 인민해방군 항공대의 출격을 확인한 대한민국 공군은 빠르게 반응을 보였다.

그에 대응해 평양 비행장에서 전투기들이 발진시킨 것이다.

통일이 되기 전까지 대한민국 공군의 주 비행장은 성남이었다.

하지만 통일 이후 공군의 작전 반경이 더욱 넓어지면서 성남에 있는 비행장만으로는 원활하게 영공을 지킬 수가 없게 되었다.

그래서 넓어진 영공을 지키기 위해 평양에도 전투 비행단을 주둔시켰다.

그리고 지금, 젠―14와 젠―16으로 편성된 중국 전투기들에 대항하기 위해 F―15K와 F/A―18E/F 전투기들이 평양에서 출동하였다.

전력상으로는 대한민국 공군이 약세였다.

중국은 땅덩어리만 큰 것이 아니라 군대 또한 엄청나게 많은 숫자를 보유하고 있었다.

당연하게 공군 전력 또한 엄청난데, 스텔스 전투기인 젠―20과 젠―31이 2018년부터 양산되기 시작하면서 중국 공군은 구형 기종이 된 젠―7, 젠―8, 젠―10 등을 퇴역시키거나 외국으로 팔아버렸다.

이미 중국은 스텔스 전투기까지 개발하며 능력을 인정받은 강국이며, 전투기의 숫자에서도 결코 미국이나 러시아에 못지않은 숫자를 보유하고 있었다.

그에 비해 대한민국 공군은 구형이 되어버린 KF―16이나 F―15K, 그리고 다수의 F/A―18E/F를 보유하고 있다.

단순한 숫자를 비교해 봐도 중국은 1,800여 대의 전투기를 보유하고 있으며, 대한민국은 450대의 전투기만을 보유하고 있었다.

GREAT
그레이트 코리아
KOREA

원래는 600여 대 정도의 전투기를 보유할 예정이었지만, 중간에 몇 번의 사업이 엎어지면서 그 계획은 무산되고 말았다.

그러던 중 구형 기종을 유지 보수하는 것보단 신형 기종을 구입하는 것이 장기적으로 더 이익이라는 연구 결과가 나오면서 대한민국 정부는 공군이 그렇게나 요구했던 스텔스 전투기를 자체 개발하기로 하였다.

그런데 개발이 완료되고 양산을 하려던 차에 전쟁이 발발하자 공군이나 정부 관계자들은 주변국과 균형을 맞추지 못한 것을 후회했다.

하지만 후회한다고 상황이 바뀌는 것은 아니다.

대한민국 공군 에이스들은 자신의 한 몸 불살라 조국을 지키겠다는 일념으로 전투기 조종간을 잡았다.

수적으로 열세인 대한민국 공군은 최대한 대한민국 영토 내에서 전투를 치르도록 작전을 세웠다.

그래야 지상군의 지원을 받을 수 있기 때문이다.

그렇지 않고 자체 전력만으로 전투를 벌였다가는 패전을 예약하는 것이나 마찬가지였다.

현대전에서 공중 전력의 부재는 패전으로 가는 지름길이기에 대한민국은 신중하게 작전을 수립할 수밖에 없는 것이다.

슈슈슝!

압록강 북쪽.

중국의 전투기가 방공 식별 구역 안으로 들어오자 국경 지역에 설치되어 있던 지대공 미사일들이 일제히 불꽃을 흩뿌리며 솟아올랐다.

지대공 미사일은 마하 5의 속도로 빠르게 날아가 접근하던 전투기들을 떨어뜨렸다.

물론 모든 지대공 미사일이 전투기를 격추시킨 것은 아니었다.

개중에는 미사일 방어 체계에 속아 오폭하는 경우도 있었다.

전투기에는 미사일을 방어하기 위한 방어 체계가 있는데, 미사일의 레이더 방식에 따라 두 종류로 나뉘었다.

열 추적 레이더를 가진 미사일에는 플레어처럼 높은 열을 내는 물체를 미끼로 유인하고, 적외선 레이더 방식의 미사일은 알루미늄 조각인 채프를 뿌려 레이더를 교란해 따

돌린다.

"아직 적이 많이 남았다. 준비하도록!"

압록강 남쪽에 위치한 대한민국 육군은 지대공 미사일을 한차례 발사해 적을 솎아냈다.

하지만 아직도 적은 많이 남아 있었다.

장거리 미사일을 모두 소모한 육군은 이번에는 중거리 요격 미사일을 준비하기 시작하였다.

공중 전력끼리 조우하기 전에 중국 전투기를 최대한 많이 격추시켜 놔야만 아군 전투기들이 한결 전력을 유지할 수 있기 때문이다.

지상군이 분주히 움직이고 있을 때, 중국군에서도 비슷한 움직임을 보였다.

하지만 이곳 국경 지대에 주둔하던 대한민국 국군과 다르게 중국 인민해방군은 일본의 꼬임에 넘어가 급하게 침공을 하는 터라 따로 배치된 미사일 부대가 없었다.

때문에 중국군은 장갑차에 설치되어 있는 단거리 요격미사일이 가용 가능한 전력의 전부라 대한민국 공군 전투기들을 요격하기란 요원한 일이었다.

쾅! 쾅!

미사일 공격을 받은 중국 전투기들이 대한민국 지상군에 대한 공격을 시작하였다.

지상군의 진격로를 확보하기 위해 출동한 중국 공군은 피격의 위협 속에서도 맡겨진 임무를 완수하기 위해 공대지 미사일을 쏘아댔다.

미사일에 적중된 벙커가 커다란 화염에 휩싸였다.

하지만 화염이 걷히고 드러난 벙커의 모습은 아무런 타격도 받지 않아 보였다.

다른 표적들 또한 마찬가지였다.

대한민국 군부대의 시설물들은 수한이 개발한 플라즈마 실드 발생 장치를 부착하고 있기에 미사일의 타격에도 안전할 수 있었다.

그러한 사실을 미처 몰랐던 중국 전투기 조종사들은 한순간 당황하고 말았다.

정확하게 목표를 타격하였는데 아무런 피해도 입지 않은 모습에 충격을 받은 것이다.

그리고 그런 한순간의 방심이 그들에게는 목숨을 좌우하는 순간이기도 했다.

쾅! 쾅!

중국 전투기들은 또다시 발사된 대한민국 국군의 대공미

사일에 의해 하나하나 그 몸을 불태웠다.

중국이 일방적으로 몰아붙일 것이라 예상되었던 첫 교전은 세상 사람들의 생각과 반대로 흘러갔다.

오히려 중국이 일방적으로 얻어맞는 것으로 개전의 불꽃이 피어올랐다.

쾅!

"저게 지금 우리 인민해방군의 모습이란 말인가!"

주진평은 위성으로부터 송출되고 있는 전투 영상을 보며 목에 핏대를 세우고 고함을 질렀다.

지금 커다란 화면 가득 펼쳐지는 장면은 중국 지도부가 보기에는 너무도 참혹한 모습이었다.

비록 최신예 스텔스 전투기는 아니라지만 그래도 중국이 자랑하는 젠—14와 젠—16이 저렇게 허무하게 격추되는 모습을 보고 있자니 화가 나는 것이었다.

비록 3년 전의 참패로 체면이 구겨지긴 했지만, 그래도 중국만이 세계 최강 미국을 따라잡을 수 있다고 생각하는 주진평이었다.

그런데 이번에는 공군마저 허무하게 당하고 있는 모습에 이제는 분노를 넘어 허탈한 마음까지 들었다.

중국은 미국과 러시아에 이어 세계에서 3번째로 스텔스 전투기를 자체 개발함으로써 그 군사력을 만방에 떨치며 자존감을 드러냈다.

그런데 이제 겨우 스텔스 전투기 개발에 성공한, 아니, 그런 것들을 떠나 국방 예산 자체가 자신들의 1/4 정도밖에 되지 않는 한국에 일방적으로 당하고 있으니 참으로 기가 막혔다.

"누가 입이 있으면 말을 해보란 말이오!"

주진평이 아무리 고함을 질러도 입을 여는 사람은 없었다.

그들 또한 일방적인 전쟁 양상에 너무 놀라 할 말을 잃은 탓이었다.

미국 워싱턴 D.C., 백악관.

연일 계속되는 회의로 NSC 위원들은 무척이나 지친 상태였다.

동북아시아에서 발생한 사태로 인해 그들은 잠시도 긴장의 끈을 놓을 수가 없었다.

더욱이 중국과 한국 모두 핵무기를 보유한 국가들이라 결코 마음을 놓지 못했다.

자칫 잘못하다가는 핵전쟁으로 확산될지 모르기 때문이다.

처음 중국이 선전포고를 했을 당시만 해도 자신들만 살짝 눈을 감고 방관을 하면 한국 홀로 중국을 상대할 수 없으니 어느 정도 치고받다 중재를 요청해 올 것이라 생각하였다.

그때 못 이기는 척 중재하며 이득을 취하려고 하였는데, 뒤늦게 한국도 핵무기를 보유하고 있다는 사실을 깨닫게 되었다.

처음 그 사실을 깨달은 곳은 펜타곤이었다.

펜타곤에서는 미국의 미래 정책을 위해 자신들이 수집해 놓은 중국과 한국의 정보들을 가지고 워 게임을 실시하였다.

그런데 워 게임을 돌리기 위해 슈퍼컴퓨터에 데이터를 입력하던 중 중요한 사실을 그제야 깨닫게 된 것이다.

한국이 통일을 하면서 북한이 보유하고 있던 핵무기를 가지고 있으며, 3년 전에 그러한 사실을 국제사회에서 인정을 했다는 것이다.

더 이상 핵무기를 개발하지 않겠다는 약속을 받고 북한이 개발해 보유하고 있던 것만 인정을 해준 것이었다.

물론 한국이 보유한 핵의 수량은 얼마 되지 않았다.

모두 합쳐 봐야 20메가톤이 되지 않는 정도인 것이다.

하지만 그것만으로도 충분히 위협적이었다.

중국의 주요 도시를 폐허로 만들고도 남을 수량인 것이다.

2차 세계대전 당시 일본의 나가사키와 히로시마에 투하된 리틀 보이와 팻 맨의 위력은 1만 5천 톤 정도의 위력이었다.

그것만으로도 20여 만 명의 생명을 앗아간 것은 물론이고, 도시를 철저히 파괴하였다.

그런데 20메가톤이면 히로시마나 나가사키에 떨어진 핵폭탄을 150개 정도 보유하고 있다는 소리나 마찬가지였다.

물론 한국이 보유한 핵무기의 숫자가 그 정도인 것은 아니었다.

겨우 50개 미만의 수량을 보유하고 있으며, 탄도 미사일과 운반체로 투하할 수 있는 핵폭탄, 즉 전략 핵무기는 16개가 전부였다.

나머지 30여 개는 핵 배낭과 같은 전술핵무기로, 300 킬로톤 미만의 위력이 작은 것들이었다.

그렇다 해도 위력이 어마어마한 핵무기라는 것은 두말할 필요가 없겠지만.

이렇듯 뒤늦게 한국도 핵무기 보유 국가라는 것이 알려지고 슈퍼컴퓨터로 실시한 워 게임에서도 열세인 한국이 최후의 순간 핵무기를 사용하는 것으로 나왔으며, 한국에 핵 공격을 받은 중국도 결국 보복을 위해 핵무기를 발사하는 것으로 나왔다.

미국이 우려하던 것처럼 한국과 중국의 전쟁의 결과는 인류에게 참혹한 결과를 가져왔다.

핵 공격과 핵 보복으로 인한 결과는 지구에 핵겨울이 닥친 것이다.

전쟁 당사국인 중국과 한국만이 아니라 전 지구적인 재앙이 시작된 것이었다.

한국이 발사한 핵미사일로 인해 중국이 보유한 핵무기가 폭발하면서 북반구 전체가 방사능 먼지로 인해 대기가 오염되고, 태양을 가림으로써 북반구의 기온이 영하로 뚝 떨어져 핵겨울이 온다는 것이다.

처음에는 설마 하는 심정이었지만, 몇 번을 반복해 봐도 결과는 처음과 마찬가지였다.

약간의 변화가 있기는 했지만, 마지막 결과는 핵전쟁으로 인한 양패구상으로 결론이 났다.

이는 미국에게도 좋지 못한 결과였다.

일본의 요청을 받아들여 한국과의 전쟁을 묵인한 이유는 미국이 잘살기 위해서다.

그런데 도출된 결론은 한국만이 아니라 미국 또한 그 영향으로 멸망에 가까운 어려운 시련을 겪게 된다는 것이었다.

국방부에서는 긴급하게 백악관으로 전문을 날렸다.

어떻게든 중국과 한국의 전쟁을 막아야 한다는 것이다.

하지만 그렇게 하기에는 이미 시기상으로 너무도 늦었다.

욕심에 눈이 어두워 중국이 동맹인 한국을 상대로 선전포고를 했을 때 눈을 감았다.

그렇기에 미국으로서는 이미 명분을 잃고 말았다.

그렇다면 어떻게든 중국과 한국이 전쟁을 하게 되더라도 핵무기를 사용하지 못하게 막아야만 했다.

하지만 미국이 뭐라 한다고 핵무기를 사용하지 않을 것이라고 장담할 수가 없었다.

누구라도 최후의 위기에 몰리게 된다면 어떤 짓을 저지를 지 알 수 없는 것이다.

그 때문에 백악관은 뒤늦게 후회를 하며 고민을 하게 되었다.

그렇지만 아무리 몇 날을 고심해도 뚜렷하게 해법은 보이지 않았다.

그런데 조금 전 급보가 날아왔다.

중국의 군대가 움직이기 시작했다는 것이다.

그래서 회의를 중단하고 중국과 한국의 전쟁이 시작되는 현장을 지켜보기로 하였다.

위성에서 송출하는 영상은 중국과 한국의 국경을 이루는 압록강 일대를 보여주었다.

쾅! 쾅!

투투투투! 투투투투!

사방에서 포탄이 터지고, 미사일이 포대에 명중하였다.

하지만 중국군의 공격은 한국군에게 어떤 피해도 주지 못했다.

한국군 진지를 가루라도 내려는 듯 엄청난 포격을 하였지만 그 모든 게 의미 없는 일이었다.

중국의 인민해방군이 쏟아부은 화력은 목표 인근에 다다르면 뭔가에 가로막히기라도 한 것처럼 중간에 폭발을 하였다.

플라즈마 실드에 막혀 목적을 이루지 못하는 것이었다.

그런데 한국군의 공격은 거칠 것 없이 통과되었다.

정밀하게 조준하여 한 발, 한 발 쏘아내는 한국군의 화력에 중국 인민해방군의 전투기와 전차들은 차례차례 파괴되어 갔다.

"진돗개! 여기는 독수리! 전장에 합류하겠다."

대한민국 공군 전투 비행단 윤한민 대령은 지상군에 무전을 날리며 한창 전투가 벌어지고 있는 전장에 합류하였다.

대한민국 공군이 전장에 뛰어들자 가뜩이나 지대공 미사일을 피하느라 정신이 없던 중국 전투기 조종사들은 패닉에 빠졌다.

대한민국 육군은 5년 전 천하 디펜스로부터 구입한 다목적 휴대 미사일로 톡톡히 재미를 보고 있었다.

한때 휴대용 미사일의 불량으로 고초를 겪은 적이 있었는데, 다행히 문제를 일으켰던 당사자가 자신의 잘못을 인정하고 자체 개발한 다목적 휴대 미사일을 군에 납품하였다.

군에 손해를 입힌 것 이상으로 무상 교체를 해줌으로써 잘못을 상계한 것이다.

물론 당시 천하 디펜스의 정수현 이사가 고의로 불량 무기를 납품한 것은 아니었기에 정상참작이 된 것이었다.

아무튼 8년 전에 개발되어 군에 보급된 이 미사일은 가격도 저렴하면서 성능은 동급 최강의 성능을 가지고 있었다.

비록 사거리가 5㎞로 짧은 것이 아쉽기는 하지만, 그래도 다른 여타 휴대용 미사일들에 비해 전술적으로 활용도가 더 높았다.

대한민국 육군은 밀려오는 중국 인민해방군의 지상군과 전투기들을 상대로 이 다목적 미사일을 사용해 효과적으로 방어를 하였다.

그렇지만 아무리 뛰어난 무기가 있다고 해도 물량에는 당해낼 도리가 없었다.

육군이 힘들어할 즈음 공군이 합류를 하였다.

이로써 잠시 한숨을 돌린 육군은 소비한 미사일과 포탄을 보급하고 다시 전투에 합류를 하였다.

아직도 전투는 끝난 것이 아니기 때문이다.

곧 압록강 상공에서는 대한민국 공군의 F—15K를 필두로 한 F/A—18E/F 전투기 편대와 중국 인민해방군 공군 전투기 편대 간의 공중전이 펼쳐졌다.

전투 초반만 해도 중국 공군의 젠—14와 젠—16 편대의 숫자는 대한민국 공군의 전체 전투기 숫자와 비슷했지만, 현재는 육군의 미사일 부대와 휴대용 미사일을 이용한 공격에 많은 전투기들이 격추되면서 얼추 비슷한 숫자가 되었다.

비슷한 숫자의 전투기들이 전투를 벌이기 시작하자 하늘에서는 순식간에 불꽃의 향연이 펼쳐졌다.

그런데 그중 특이한 모습이 포착되었다.

중국 전투기에서 발사된 미사일 일부가 대한민국 공군 전투기에 접근했다가 엉뚱한 곳으로 날아가는 모습이 보였다.

"절대 중국 쪽으로 넘어가지 말고 압록강 이남에서만 전투를 하라!"

윤한민 대령은 적기를 쫓아 중국 땅으로 향하는 아군 조종사들에게 일갈했다.

전과에 정신이 팔려 작전 명령을 망각하는, 어리석은 행동을 질타하는 것이었다.

솔직히 윤한민 대령도 욕심이 없는 것은 아니었다.

하지만 굳이 위험을 감수할 필요는 없었다.

앞으로도 전공을 쌓을 많은 기회가 남아 있다.

그리고 살아 있어야 더욱 많은 전과를 올릴 수가 있는 것이다.

아무리 업그레이드를 했다고 하지만 현재 대한민국 공군이 운용하고 있는 전투기들은 개발된 지 20년이 넘는 기종들이었다.

그에 반해 중국의 지대공미사일이나 공대공미사일은 거의 대부분이 10년 내에 개발되거나 개량된 것들이다.

언제 어느 때 격추될지 모르는 전장에서 굳이 무리를 할 필요가 없다는 참모부의 생각에 윤한민 대령도 동감하는 바였다.

"사령부, 여기는 비룡 1의 리첸 중교다."

― 말하라, 리첸 중교.

사령부가 연결되자 리첸은 다급하게 전장 상황을 브리핑하였다.

"현재 아군이 한국군에 밀리고 있다. 후속 부대는 언제쯤 오는가."

사실 리첸이 속한 편대는 공중전을 예상한 전력이 아니었다.

그저 지상군이 보다 쉽게 압록강을 도하할 수 있도록 지원을 하는 부대였다.

그 때문에 심양 기지에서 출격할 때부터 지상 타격 위주의 무장을 했다.

또 동일한 이유로 한국군이 쏘아대는 대공포나 지대공 미사일을 회피하기가 힘들었다.

지상 타격을 위한 폭탄을 다량 매달고 있다 보니 기동성에 제한을 받은 탓이다.

그런데 엎친 데 덮친 격이라고 할까.

예상하던 바이지만, 한국 공군이 대응을 하기 위해 출동을 했다.

원래는 자신들이 1차로 한국군 지상군을 타격하고, 제2진이 합류해 한국 공군을 상대하기로 되어 있었다.

제2진과 합류하면 비록 공대공 무장이 부족해도 숫자에서 압도하기에 충분히 한국 공군 전투기들을 제압할 수 있다는 판단이었다.

하지만 결과는 그렇지 못했다.

한국 지상군의 공격을 피하다 보니 아직도 지상 타격 무기들을 충분히 소모하지 못했을 뿐만 아니라 한국 공군의 출동 시기가 예상보다 신속하여 미처 후속 부대랑 합류를 하지 못한 상태에서 기습을 당했다.

그 때문에 리첸과 함께 출격한 많은 중국군 조종사들이 공중에서 산화하였다.

어디서부터 잘못된 것인지 알 수는 없지만, 현재 상태로는 자신들이 너무도 불리하였다.

더욱이 이상하게도 중국과 한국의 경계가 아닌, 한국의 영토 안에서 전투가 벌어지고 있었다.

이는 지상군이 아직 한국 국경을 넘지 못한 것과는 다른 양상이었다.

한국 공군은 지상군의 지원을 받으며 전투를 하고 있는 반면, 자신들은 오히려 뒤를 조심해야 할 처지였다.

그랬기에 리첸은 전장의 상황을 보고하고 지시를 받기 위해 무전을 한 것이다.

"이대로 가다간 우린 전멸할 것이다."

다급한 마음에 리첸은 금기와도 같은 단어를 언급하였다.

하지만 사령부에서도 이렇다 할 지시를 내리지 못하였다.

그도 그럴 것이, 지금의 전투 양상은 심양에 있는 사령부에서도 전혀 예상하지 못한 결과였기 때문이다.

아무리 기다려도 사령부에서 지시가 없자 리첸은 자신의 판단으로 전장을 이탈하기로 마음먹었다.

계속해서 시간을 끌어봐야 불리한 것은 자신들이었다.

"더 이상 기다릴 수 없다. 전장을 이탈하겠다."

리첸 중교는 사령부와 교신을 마치고 공용 주파수로 아군 전투기들에게 급히 지시를 내렸다.

"모두 전장을 이탈해 기지로 귀환한다."

지시를 내린 리첸 중교는 곧장 조종간을 돌려 심양 공항으로 기수를 돌렸다.

그리고 그런 모습은 곳곳에서 벌어지고 있었다.

하지만 중국군 전투기들이 기수를 돌린다고 해서 대한민국 공군이 그저 지켜보고만 있지는 않았다.

기수를 돌리기 위해선 당연 빈틈이 보이기 마련이고, 대한민국 전투기 에이스들은 그런 기회를 놓치지 않고 중국군 전투기들을 하나씩 격추하였다.

커다란 화면 가득 스펙터클한 영상이 펼쳐졌다.

하지만 영상을 보고 있는 사람들의 표정은 초조와 긴장이 역력했다.

그도 그럴 것이, 지금 화면에 보이는 장면은 사람들의 오락거리를 위한 영화의 장면이 아니라 100% 리얼이었다.

한국의 입장에서 보면 존망이 걸린 한 장면인 것이다.

바야흐로 대한민국을 상대로 선전포고를 했던 중국이 드디어 군사적 행동을 개시하였다.

그동안 병력을 집중하더니, 마침내 오늘 압록강을 향해 전진을 하였다.

그저 육군만 전진을 한 것이 아니었다.

단단히 벼른 듯 이번에는 공군도 함께 출동하였다.

하지만 그동안 한국도 놀고 있지만은 않았다.

중국이 선전포고를 한 직후부터 인민해방군의 이동을 예의주시했기에 대응도 무척이나 신속하였다.

예전 전적으로 미국에 정보를 의존했을 때하고는 확실히 달랐다.

그러나 아무리 준비를 했다고 하지만 상대는 중국이었다.

물론 3년 전 심양 군구의 병력을 상대로 승리를 거뒀던 전적이 있기는 하다.

그렇지만 그게 중국이 약하다는 의미는 아니었다.

그저 고양이가 생쥐에게 코를 물린 정도에 불과하다.

중국은 공룡과 같은 존재이기 때문에 조심스럽게 대응을 해야 했다.

자칫 단 한 번이라도 실수를 했다가는 돌이킬 수 없는 결과를 만들 수 있기 때문이다.

"와!"

짝! 짝! 짝!

지금 화면을 통해 드러난 모습은 철저히 준비해 온 성과였다.

잔뜩 긴장한 채 화면을 지켜보던 사람들은 태극 문양이 선명하게 새겨진 전투기가 중국군 전투기를 격추시킬 때마다 환호와 박수로 응원했다.

중국군 전투기에서 발사된 미사일이 대한민국 공군 전투기에 접근할 때면 안타까움의 한탄을 토하기도 하였다.

수백 대의 전투기들이 뒤엉켜 공중전을 벌이는 모습은 그야말로 장관이었다.

신기한 것은 꽤 시간이 흘렀는데도 대한민국의 전투기 중 단 한 대도 격추된 것이 없다는 사실이었다.

하지만 대한민국 공군의 선전에 그 사실을 눈치챈 이는 별로 없었다.

그저 중국군이 운용하는 미사일이 불량이거나 중국군 전

투기 조종사들의 실력이 미숙하다고 생각할 뿐이었다.

하지만 눈썰미가 뛰어나가나 공중전에 대하여 어느 정도 알고 있는 자들은 달랐다.

그들은 화면을 통해 전해지는 전투 장면에 무언가 자신들이 알지 못하는 비밀이 숨겨져 있다고 생각했다.

그렇지 않고서는 지금과 같은 비현실적인 결과가 나올 수가 없는 것이다.

현재 대한민국 공군이 주력으로 사용 중인 전투기들이 뛰어난 전투기들인 것은 맞다.

하지만 중국이 개발한 젠―14나 젠―16 전투기 역시 그에 뒤지지 않는 성능을 가지고 있었다.

그러니 지금처럼 대접전이 벌어지는 과정에서 아군의 피해가 전무하다는 것은 단순히 조종사의 실력으로만 치부할 수 없는 문제였다.

전문가들은 아마도 한국군 전투기들이 뛰어난 전자전 장비를 가지고 있어 미사일의 레이더를 교란하고 있다고 여겼다.

그러한 생각이 완전 틀린 것은 아니었다.

그들의 예상대로 현재 대한민국 공군 전투기들은 수한이 개발한 장치를 이용해 미사일들의 레이더를 교란하고 있었다.

하지만 이는 미사일의 레이더에 직접적으로 전자파를 발사하여 교란시키는 방식이 아니었다.

미사일에 부착된 레이더에서 쏘아내는 파동을 반사하지 않고 그대로 흘려 버리는 것이다.

이는 스텔스 전투기들이 레이더를 회피하는 방법과 비슷했다.

기본적으로 스텔스 전투기는 레이더파의 반사각을 줄이기 위해 그에 맞춰 설계를 하고 거기에 레이더 파동을 흡수하는 특수한 페인트로 더욱 보강을 한다.

그렇게 해서 결과적으로는 아주 작은 물체로 인식하게 만들어 정상적인 식별을 하지 못하게 하는 것이다.

하지만 수한이 개발한 장치는 그렇지 않았다.

K—3 백호 전차의 플라즈마 실드 발생 장치처럼 마찰계수를 제로로 만드는 그리스 마법을 이용한 장치인 것이다.

말 그대로 레이더파가 표면을 건드리면 반사를 하는 것이 아니라 미끄러져 흘러가 버렸다.

그 때문에 파장이 반사되지 못해 레이더가 목표를 인식하지 못하는 것이다.

이는 세계 최강의 전투기인 F—22 랩터의 조준 회피 장치와 비슷한 역할을 하고 있다고 봐도 무방했다.

미국의 스텔스 전투기인 F—22 랩터가 세계 최강의 전투기일 수밖에 없는 이유가 바로 이 장치 때문이다.

전투기들의 전투에서 미사일이 차지하는 비중은 거의 절대라 할 수 있었다.

조준을 마치고 발사 버튼만 누르면 먼 거리에서 미사일이 알아서 목표를 타격을 한다.

그런데 조준 회피 장치는 이러한 미사일의 공격을 무용지물로 만들어 버렸다.

그러니 F—22 랩터가 최강일 수밖에 없는 것이다.

당연히 F—22 랩터를 잡기 위해선 어쩔 수 없이 근접 거리에서 기총 사격을 하는 도그 파이팅을 해야만 한다.

하지만 현존하는 전투기 중에서 F—22 랩터보다 뛰어난 기동성을 지닌 전투기도 없을뿐더러 F—22 랩터는 뛰어난 운용 컴퓨터로 인해 비행이 불가능한 자세에서도 운항이 가능했다.

지금 중국 전투기와 교전을 벌이고 있는 대한민국 전투기들은 바로 그런 랩터의 성능 중 일부를 가진 셈이었다.

비록 일부라고는 하지만, 이는 비슷한 성능의 전투기들이 싸우는 지금과 같은 경우에 엄청난 교전 능력의 차이를 만

들어냈다.

적은 눈에 의지해 전투기에 달린 기관총을 쏘는데, 아군은 기관총은 물론이고 한 방에 격추시킬 수 있는 미사일까지 마음대로 사용할 수 있으니, 얼마나 큰 차이인가.

사정이 그렇다 보니 한국 공군과 중국 전투기 간의 전투는 일방적으로 흘러갔다.

처음 교전이 시작될 때만 해도 조금 더 수가 많던 중국군 전투기들은 어느새 절반도 살아남지 못했다.

불리한 형세를 알아차린 일부 중국군 조종사들이 기수를 돌려 달아나는 경우가 발생했다.

그리고 얼마 지나지 않아 살아남은 중국군 전투기들이 일제히 기수를 돌려 북쪽으로 달아났다.

당연한 일이지만, 한국군 전투기들은 그 모습을 그냥 보고 있지 않았다.

달아나는 중국군 전투기들의 뒤로 남은 미사일을 모조리 쏟아부었다.

꽁무니를 빼고 달아나는 중국 전투기들은 손쉬운 먹잇감이 되어 하나둘 추락했다.

"와!"

"대한민국 만세!"

"만세!"

압록강 상공에서 벌어진 대한민국 공군과 중국 인민해방군 전투기 간의 첫 공중전은 이렇게 일방적으로 끝이 났다.

청와대 지하 벙커에서 상황을 지켜보던 이들은 일제히 환호성을 내질렀다.

많은 이들이 기뻐하는 가운데, 한쪽 벽면 전체에 설치되어 있는 모니터 위로 다시 다른 장면이 떠올랐다.

이번에는 압록강을 사이에 두고 치열하게 벌어지고 있는 지상군의 전투였다.

방금 전 공중전만큼의 화려한 장면은 없지만, 오히려 긴장감은 더했다.

공중전과 달리 피와 살이 튀는 현실적인 장면이 생생하게 전달되는 탓이다.

얼핏 봐도 상황은 무척 심각해 보였다.

미사일과 포격으로 인해 압록강을 따라 설치된 진지에서는 검은 연기가 자욱하게 피어오르고 있었다.

"육군은 피해 상황이 어떤가?"

윤재인 대통령은 안타까운 목소리로 김명한 국방부 장관에게 물었다.

하지만 김명한 국방부 장관도 아직 자세한 보고는 받지

못한 상황이었다.

실시간으로 위성에서 현장 상황을 보내오는 터라 그에 대한 보고가 오히려 늦을 수밖에 없는 이유였다.

"아직 전투가 끝난 것이 아니기 때문에 피해 상황은 보고된 것이 없습니다."

김명한 장관은 결국 원론적인 대답을 꺼냈다.

하지만 말과 달리 그의 태도는 차분하면서도 당당한 자신감이 느껴졌다.

사실 방금 전 끝난 공군의 전투가 일방적인 승리로 끝난 것 때문에 김명한 장관은 한껏 고무된 터였다.

엇비슷한 전력이라 평가되던 전투에서 일방적인 승리를 거두었을 뿐 아니라 피해가 전무했다.

그러니 당연하게도 자신감이 넘칠 수밖에 없는 것이다.

어찌 보면 건방져 보일 수도 있는 모습이지만, 김명한 국방부 장관의 태도를 문제 삼는 이는 아무도 없었다.

사실 그들 또한 비슷한 심정이었기 때문이다.

어느 누구라도 자국이 일방적인 대승을 거둔다면 김명한 장관처럼 자부심을 가질 것이 분명했다.

"음, 그럼 전투가 끝나면 피해 상황을 내게 알려주세요."

윤재인 대통령은 그런 마음을 이해한다는 듯 완곡한 표현으로 말을 하였다.

김명한 국방부 장관은 대통령의 지시에 아직 전투가 끝난 것이 아님을 깨닫고 자세를 바로 하며 대답을 하였다.

"알겠습니다."

"휴, 그나저나 다행입니다."

윤재인 대통령은 진이 쏙 빠진 듯 쓰러지듯 소파에 앉으며 말을 하였다.

"예, 각하. 천만다행입니다. 하지만 앞으로가 문제입니다. 중국은 이번 패배를 교훈 삼아 2차에는 더 많은 준비를 하여 공격을 해올 것입니다."

"맞는 말이에요. 우리는 총력을 다하고 있지만, 중국은 아직 그들의 역량을 전부 동원한 것이 아니니 결코 방심을 해선 아니 될 것입니다."

비록 첫 교전에서 대승을 거두었지만 윤재인 대통령이나 정부 관계자들은 중국이 이번 패배로 큰 타격을 받았다고는 생각지 않았다.

이번 전투에 동원된 것은 중국군의 일부에 지나지 않기 때문이다.

"김명한 장관."

"예, 각하."

"보급에 문제가 되지 않게 철저히 준비를 하세요. 각 군수산업체에는 24시간 풀가동하여 물자를 생산하라고 연락을 하시고요."

대통령은 주변을 돌아보며 보급의 중요성을 다시 한 번 역설했다.

사실 전쟁이란 것은 군대가 강하다고 승리를 확실할 수는 없었다.

물론 승리를 하는 데 중요한 요소이기는 하지만, 그에 못지않게 보급 또한 중요했다.

총탄과 폭탄 등 전쟁에 필요한 물자는 영구적인 것이 아니다.

그것들은 모두 소모품이다.

그렇기 때문에 전쟁을 계속해서 수행하기 위해선 소모되는 물자만큼이나 보급이 병행되어야 한다.

만약 소모한 물자만큼 원활하게 보급이 이루어지지 않으면 더 이상 전투를 수행할 수가 없는 것이다.

전투가 끝났다.

조금 전까지만 해도 총탄이 날아다니고, 포탄이 터지며, 미사일이 날아들며 지옥을 방불케 하던 소란이 멎은 것이다.

다행스럽게도 아직 적은 국경을 넘지 못했다.

안기준은 전투가 끝나자 벙커에서 나와 주변을 살펴보았다.

"아!"

그의 눈에 비친 주변 풍경은 어제저녁과는 확연히 달라져 있었다.

여기저기 포탄이 떨어졌던 흔적이 고스란히 남아 있었다.

콘크리트로 만들어진 교통호 곳곳은 파괴되어 볼썽사나웠고, 여기저기 움푹움푹 땅이 파인 곳도 있었다.

벙커를 나와 주변을 살피는 것은 비단 안기준만이 아니었다.

인근 벙커에서 나온 최상준 상병의 모습도 보였으며, 저 멀리에선 자신의 분대장인 정철원 병장의 모습도 보였다.

자신이 속한 소대 선임들의 무사한 모습이 보이자 조금 전까지 가슴을 조이던 불안감이 어느 정도 해소되는 듯했다.

전투가 끝났지만, 전체적인 상황이 어떤지는 알 수가 없었다.

적이 몰려오는 것을 보고 무전을 날린 뒤, 숙지한 전투 매뉴얼대로 정신없이 움직였다.

무인 경비 로봇을 작동시킨 뒤로는 벙커에 거치되어 있던 기관총을 잡고 총알이 떨어질 때까지 적진에 쏟아 부었다.

안기준은 문득 벙커 앞에 설치된 무인 경비 로봇을 살펴보았다.

무엇 때문에 그것을 살펴볼 생각이 났는지는 안기준 본인도 알 수가 없었다.

그냥 살펴볼 생각이 들어 쳐다본 것뿐이다.

무인 경비 로봇은 안기준이 이곳 국경 지역에 배치되어 근무를 선 지 두 달이 되어가는 시점에 설치되었다.

예전에 사용하던 것과는 다른 타입의 로봇이었다.

물론 만화영화에 나오는, 팔다리가 달려 있고 인간처럼 생긴 로봇은 아니었다.

마치 러시아의 3M—87 키쉬탄과 비슷한 모양을 한 그 것은 조금 전 전투에서 엄청난 활약을 하였다.

그런데 안기준이 무인 경비 로봇을 주시하는 것은 다른 이유가 아니었다.

전투 중 벙커 주변으로 간간이 큰 폭발이 있었는데, 그때마다 안기준은 푸른빛의 막을 보았다.

그것의 정체가 무엇인지 궁금증이 생겼지만, 전투 중이라 확인할 길이 없었다.

아니, 그렇다기보다는 기관총의 방아쇠를 당기는 것에 열중하느라 신경 쓸 겨를이 없었다고 하는 것이 맞았다.

그런데 전투가 끝나고 나니 문득 그 생각이 났다.

자신이 들었던 폭발음은 엄청난 것이었다.

폭발로 인해 벙커가 크게 흔들리기도 했다.

하지만 더 이상의 피해는 없었다.

처음 진동을 느낄 때만 해도 이제 죽었구나 싶었다.

하지만 별다른 피해가 없다 보니 벙커에서 멀리 떨어진 곳에 폭탄이 떨어졌구나 하는 생각이 들었다.

그런데 전투이 끝난 뒤 벙커 밖으로 나와 주변을 살펴보니 그것이 아니었다.

폭탄은 벙커를 노리고 제대로 떨어졌던 것이다.

하지만 자신과 후임인 김상식은 아무런 피해도 없이 무사했다.

의아한 마음에 주변을 살피던 중 이상한 모습이 눈에 들어왔다.

어떻게 된 일인지 벙커에는 전혀 피해가 없고, 그저 벙커들을 이어주는 교통호 일부만 파괴되어 있는 것이다.

그 많은 포탄과 미사일이 떨어졌는데 아군 벙커가 한 군데도 파괴되지 않았다는 것은 뭔가 말이 되지 않는, 부자연스러운 현상이다.

'저거… 뭔가 있는 것 같은데?'

그리고 문득 그 원인이 작년에 설치된 저 무인 경비 로봇 때문일 것이라는 생각이 들었다.

"안기준 상병님! 소대장님이 찾으십니다!"

벙커 안에 있던 김상식이 자신을 부르자 안기준은 얼른 벙커 안으로 뛰어 들어갔다.

"충성! 상병 안기준입니다!"

안기준은 얼른 무전기를 넘겨받고는 말했다.

"예. P—11 벙커는 이상 없습니다. 교통호가 일부 파괴된 것 빼고는 아무 피해도 없습니다."

안기준은 소대장이 물어보는 것에 대하여 또박또박 보고를 하였다.

안기준이 보고를 마칠 무렵엔 다른 벙커에서도 피해 현황을 파악하기 위해 분주하게 무전을 날리고 있었다.

모든 정황 파악이 끝난 뒤, 사령부는 발칵 뒤집혔다.

대한민국 국군이 피해라고는 벙커 주변의 교통호가 파괴

된 것 외에는 전무했다.

상식적으로 말이 안 되는 일이었다.

아무리 일방적인 전투라 해도 피해가 전무하다는 것은 있을 수 없었다.

한데 이러한 결과는 어찌 보면 당연한 일이었다.

대한민국 정부는 국경을 지키기 위해 킬러 로봇이라 불리는 무인 경비 시스템을 적극 활용하였다.

인력 부족을 커버하기 위해 도입한 이 무인 경비 시스템은 통일 이전 휴전선을 지키는 데 확실한 효과를 보여주었다.

그래서 보다 업그레이드하여 중국과 러시아와의 국경 일대에 쭉 깔았다.

물론 많은 예산이 들어간 것은 두말할 것 없는 사실이었다.

하지만 군 현대화를 진행하면서 엉뚱하게 흘러나가는 예산을 줄이니 빠듯하게나마 국경 지대에 무인 경비 시스템을 보강할 수 있었다.

거기에 그치지 않고 국방부는 천하 디펜스에 의뢰하여 플라즈마 실드 발생 장치를 무인 경비 로봇에 추가로 설치하였다.

그리고 이번 전투에서 그 효과가 제대로 발휘된 것이었다.

무인 경비 로봇은 위협적인 공격이 날아오는 것을 포착한 순간, 내장된 플라즈마 실드를 발동하여 본체를 지켰다.

사실 벙커는 무인 경비 로봇의 플라즈마 실드 범위 안에 있었기에 무사할 수 있었던 것이다.

만약 군에서 무인 경비 로봇을 벙커에서 조금만 더 떨어트려 설치했다면 막대한 피해를 입었을 수도 있었다.

하지만 적은 비용으로 벙커도 함께 보호하게끔 벙커 주변에 무인 경비 로봇을 설치하자는 누군가의 건의로 인해 지금의 결과가 만들어졌다.

그야말로 신의 한 수와도 같은 결정이었다.

7.
결혼식

미국 워싱턴, 백악관.

중국과 한국의 교전을 지켜본 존 슈왈츠 대통령과 미국 국가 안보 위원들은 전혀 예상치 못한 결과에 한동안 충격에서 벗어날 수가 없었다.

동맹인 대한민국의 군대가 최근 엄청나게 발전했다는 것은 그들 또한 첩보를 통해 잘 알고 있었다.

그렇지만 중국을 상대로 저렇게 압도적인 결과를 만들어 낼 줄은 이 자리에 있는 어느 누구도 상상하지 못했다.

물론 플라즈마 실드 발생 장치를 개발한 것이나, 지킴이 PMC들이 착용한 파워 슈트를 생각하면 어느 정도 이해가

가는 부분이 없진 않았다.

하지만 방금 전, 위성 화면으로 본 전투 결과는 그런 예상을 한참이나 뛰어넘은 결과였다.

플라즈마 실드 발생 장치와 업그레이드 된 미사일 전력이 있어서 중군 지상군의 침공을 막아낸 것은 어느 정도 이해할 수 있는 부분이었다.

하지만 공중전의 결과는 너무도 충격적이었다.

비록 중국이 최신예 전투기인 젠—20이나 젠—31 스텔스 전투기를 출격시킨 것이 아니라지만, 그래도 양국 모두 비슷한 성능을 가진 상태였다.

한데 이토록 일방적인 결과가 도출된다는 것은 말도 되지 않는 일이었다.

무슨 어린아이와 어른 간의 싸움도 아니고, 그야말로 많은 사람들을 당황하게 만드는 결과라 할 수 있었다.

사실 미국은 전 세계에서 생산되는 각종 무기들을 들여와 그에 대해 철저히 연구했다.

이는 불법 복제를 하기 위한 것이 아니라 어떤 기술들이 들어갔으며, 그렇게 생산된 무기들이 미국에 위협이 될 것인가 하는 것을 알아내기 위해서였다.

물론 자국에 도움이 되는 기술을 습득하기도 하고, 또 그에 대한 대비를 위해 해결책을 찾기도 했다.

당연히 중국산 무기도 예외는 아니었다.

미국이 연구하는 무기 중에는 중국 전투기들이 사용하는 공대공 미사일도 있었다.

그 대부분은 러시아제 공대공 미사일을 카피한 것이거나 프랑스제 미사일 기술을 접목시켜 개발한 것들이었다.

물론 성능은 그리 나쁘지 않았다.

하지만 나쁘지 않은 정도이지, 위협이 될 만한 것은 아니었다.

문제는 다른 곳에 있었다.

조금 전의 전투 결과를 보면 미국이 개발한 공대공 미사일도 한국군에게는 무용지물이란 결론이 나왔다.

사실 미국과 중국의 공대공 미사일 성능 차이는 그리 많이 나지 않았다.

약간, 정말 아주 약간의 우위를 미국이 가지고 있는 것뿐이다.

그런데 중국의 공대공 미사일은 한국군 전투기를 전혀 맞추지 못했다.

한국군이 사용 중인 전투기들은 모두 미국이 개발한 것들이다.

F—15K나 KF—16, F/A—18E/F 전투기들의 전자전 능력을 잘 알고 있는 미국으로서는 절대로 일어날 수 없는 일을 목격한 셈이었다.

해당 전투기들이 저 정도의 성능을 보일 수 없다는 것을 너무도 잘 알고 있기 때문이었다.

존 슈왈츠 대통령이나 NSC 위원들은 방금 전 교전의 결과를 두고 고민하지 않을 수 없었다.

"어떻게 보았나? 난 우리가 한국을 너무도 모르고 있었지 않나 하는 생각이 드는데……."

존 슈왈츠 대통령은 한참을 침묵을 하다 어렵게 말을 꺼냈다.

하지만 입을 여는 NSC 위원은 아무도 없었다.

"말론 국장, 저것에 관해 들어온 정보가 있나?"

아무도 대답을 하지 않자 존 슈왈츠 대통령은 말론 CIA 국장을 지목하며 물었다.

세계 각지의 정보를 취합하는 그라면 혹시나 뭔가 알고 있는 것이 있을지 모른다는 생각에서였다.

말론 국장은 잠시 생각을 하다 대답을 하였다.

"확실한 것은 아니지만, 얼마 전 동북아시아 지부에서 올라온 정보 중 이와 관련된 것이 있던 것 같습니다."

"그게 뭔가?"

"예. 확실하지는 않지만, 한국이 전투기에 새로운 장치를 달았다고 합니다."

"새로운 장치? 그게 뭔가?"

존 슈왈츠 대통령은 고개를 갸웃거리며 재차 물었다.

하지만 들려온 대답은 그를 실망시켰다.

"그건 저희도 확인을 할 수가 없었습니다."

"확인을 하지 못하다니?"

"5년 전 플라즈마 실드 발생 장치를 들여오는 과정에서 한국 정부와 벌인 협상 때문에 그렇습니다. 저희는 더 이상 한국이 무기를 구입하고 업그레이드하는 것에 대한 제제를 하지 못하게 되었습니다."

말론 국장은 정보를 얻지 못한 것이 결코 자신의 잘못이 아님을 역설했다.

예전 한국이 무기 구매를 할 때면 미국은 여러 가지 제약 사항을 계약서에 명시했다.

한국이 무기들을 분해해 기술 습득을 할 것을 저어하였기 때문이다.

그래서 한국은 무기를 업그레이드를 하려면 미국의 허락을 구해야만 했다.

뿐만 아니라 업그레이드를 해도 그게 끝이 아니었다.

어떤 업그레이드를 했으며 그것이 어떤 성능을 보였는지를 세세하게 미국에 알려야만 했다.

한마디로 업그레이드한 기술을 미국에 제공해야만 했다.

그 결과, 미국으로서는 개발비 한 푼 들이지 않고 기존 제품을 업그레이드할 수 있는 기술을 획득할 수 있었다.

5년 전, 미국은 플라즈마 실드 발생 장치를 구입하는 과정에서 한국에 함상 전투기인 F/A—18E/F 슈퍼 호넷 전투기와 전쟁 예비 물자로 보관 중인 항공모함 CV—63 키티호크를 판매하였다.

그런데 이때, 한국 정부는 구매 협상을 하면서 개조에 관한 협상도 하였다.

당시 미국은 F/A—18E/F 슈퍼 호넷과 CV—63 키티호크 항공모함에 대한 개조만 염두에 두고 협상을 체결하였다.

플라즈마 실드 발생 장치라는 엄청난 물건을 구입한다는 생각에 계약 당시 문구를 정확하게 살피지 못한 것이다.

그로 인해 차후 한국은 미국에서 들여오는 모든 장비에 대한 개조 및 업그레이드를 자유롭게 할 수 있게 된 것은 물론이고, 이를 굳이 미국에 알리지 않아도 되었다.

이는 당시 국무장관인 리노 레이놀즈 장관이 코너에 몰리면서 급하게 협상을 체결하면서 벌어진 실수였다.

하지만 당시만 해도 미국은 크게 개의치 않았다.

어차피 한국이 가진 기술력으로는 업그레이드를 하는 것에는 한계가 있다고 여긴 것이다.

한데 지금 와서 결과를 보니 그것이 아니었다.

"음……."

"아무래도 한국이 전투기에 장착했다는 게 플라즈마 배리어를 생성하는 장치가 아닌가 사료됩니다."

말론 국장의 말이 끝나자 실내에 있던 모든 사람들은 경악했다.

현재 플라즈마 배리어는 이론상으로만 가능한 기술이었다.

사실 미국은 F—22 랩터를 개발함으로써 그동안 러시아와의 전투기 개발 경쟁에서 승리를 거두었다.

해군력이나 지상군 또한 압도하면서 단일 국가로서 미국을 견제할 수 있는 국가는 사실상 사라진 셈이었다.

그래서 러시아는 그것을 만회하기 위해 스텔스 전투기 개발에 뛰어들었다.

물론 형상 스텔스 기술의 정점에 서 있는 미국을 뛰어넘을 수는 없다고 결론을 내렸기에 러시아는 과학자들을 동원해 플라즈마 스텔스 기술을 개발하려 했다.

반사 면적을 줄임으로써 레이더를 피하는 형상 스텔스 기술과 다르게 플라즈마 스텔스라는 것은 러시아가 미국과 우주 개발 경쟁을 하는 과정에서 발견한 현상을 스텔스 기술에 응용을 하려고 나온 용어였다.

우주선이 대기권에 돌입하는 과정에서 높은 마찰열로 인해 지상의 관제센터와 잠시 통신이 되지 않는 구간이 있는데, 그 이유는 우주선 주변에서 발생하는 마찰열이 통신을 방해하기 때문이다.

러시아는 그 현상을 유심히 관찰하여 스텔스 전투기 개발에 응용하며 많은 예산을 투입하였다.

하지만 플라즈마 스텔스 기술은 절반의 성공으로 끝났다.

막대한 예산을 투입하여 플라즈마 스텔스 기술을 개발하는 데 성공하였지만, 계획과는 다르게 플라즈마 스텔스 장치를 가동하면 막대한 에너지가 필요했기 때문이다.

당연히 전투기가 그 정도 에너지를 감당할 수가 없었다.

그 때문에 플라즈마 스텔스 기술은 반쪽짜리 기술로 남을 수밖에 없었다.

그런데 조금 전 한국군 전투기들을 향해 날아가는 미사일이나 중국군 전투기 조종사들의 반응을 보면 어느 정도 그 원인을 파악할 수가 있었다.

플라즈마 스텔스 장치나 그와 비슷한 것을 개발한 것이 분명한 것이다.

존 슈왈츠 대통령과 NSC 위원들은 한국이 개발한 장치가 무척이나 욕심났다.

하지만 현재로서는 어떻게 해도 미국이 저 기술을 가져올 수는 없었다.

일본이 약속한 것을 믿고 힘을 실어준다고 해도 어쩐지 가능성이 없어 보였다.

지금까지 한국이 보여준 결과만 봐도 명백했다.

중국을 상대하는 일이 한국으로서는 할 만해 보였기 때문이다.

일본이 중국의 편에 서서 참전을 한다고 해도 상황이 어떻게 변할지는 알 수 없었다.

한국이 또 어떤 것을 숨기고 있을지 모르는 탓이었다.

그야말로 한 치 앞도 예상할 수 없는 안개 속 같은 상황이었다.

그러다 보니 미국으로서도 동북아 삼국의 전쟁에 끼어들기가 애매했다.

만약 한국이 또 다른 비장의 수를 숨기고 있는 것이 사실이라면, 중국과 일본은 이번 전쟁으로 인해 큰 손해를 볼 것이 분명했다.

"국장."

존 슈왈츠 대통령은 한참 고민을 하다 말론 국장을 불렀다.

"예, 프레지던트."

"국장이 보기에는 이번 전쟁이 어떻게 흘러가리라 생각하시오?"

존 슈왈츠 대통령으로서는 한계에 봉착한 기분이었다.

아무리 생각해 봐도 전쟁의 양상이 예전 자신들이 상정한 것과는 한참이나 벗어나 있었다.

개전 초기에 한국군이 어느 정도 선전할 것이란 것은 예상하고 있었다.

그만큼 한국이 보유한 군사력이나 장비는 결코 녹록한 것이 아니기 때문이다.

하지만 물량에는 장사가 없다는 말처럼 한국이 중국을 감당하는 데는 한계가 있었다.

게다가 한국에게는 남은 악재가 더 있었다.

무한정 밀어붙이는 중국뿐 아니라 일본 역시 호시탐탐 기회를 엿보는 중이었다.

한국이 그런 사실을 파악하고 있는지는 알 수 없지만, 어찌 되었든 지금껏 파악한 정보로는 한국이 절대적으로 불리하다는 것이었다.

그런데 막상 뚜껑을 열어보니 많은 사람들의 예상과 다르게 한국이 중국을 상대로 압도적인 모습을 보여주었다.

어쩌면 전쟁 당사국인 중국이나 한국 정부도 예상하지 못한 결과일 것이다.

존 슈왈츠 대통령은 너무도 많은 변수 때문에 쉽게 판단을 내릴 수가 없었다.

일본을 편들며 이득을 볼 것인지, 아니면 지금이라도 적극적으로 한국을 편들 것인지.

도대체가 결정을 내리기 힘들었다.

그래서 보다 많은 판단 근거를 얻기 위해 말론 국장에게 물어본 것이다.

미국에는 많은 정보 부서들이 있다.

하지만 대외 첩보에 관해서 CIA를 능가할 정보 부서는 아직 그 어디에도 없었다.

그러니 지금 존 슈왈츠 대통령이 한국에 대하여 자문을 구할 사람은 CIA 국장인 말론 국장을 찾을 수밖에 없는 것이다.

◆　　　◆　　　◆

　장내에는 아무런 소리도 들리지 않았다.

　많은 사람들이 자리하고 있지만, 다들 숨소리 하나 내지
않고 침묵으로 일관하고 있었다.

　그도 그럴 것이, 조금 전 본 영상은 도저히 믿을 수 없는
광경이었다.

　너무도 충격적이라 입 밖으로 낸다면 미쳐 버릴 것만 같
은 느낌이었다.

　최고라 믿었던 것들이 부정당했다.

　천문학적인 예산을 들여 키워낸 전력이 한 시간도 되지
않아 허무하게 산화되었다.

　비록 최신예 전투기는 아니지만, 그래도 명색이 주력 전
투기들이었다.

　사실 최신예 스텔스 전투기는 너무도 엄청난 생산 비용에
비해 성능이 뛰어나다고 볼 수는 없었다.

　스텔스 기능만 빼고 보면 다른 여느 전투기들에 비해 별
반 뛰어난 점이 없는 것이다.

물론 그런 기술 하나로 전투기 간의 승패가 갈리기도 하지만, 절대적인 척도는 아니었다.

어찌 되었든 동급 내지는 자신들이 개발한 전투기가 더 우수하다 생각했다.

하지만 그들의 생각이 잘못되었다는 것을 깨닫기까지는 그리 오랜 시간이 필요하지 않았다.

대륙 귀퉁이에 붙어 있는 소국(小國)이라 생각했다.

자신들이 작은 기침만 내도 움찔하던 나라였다.

그런데 어느 순간, 기세를 올리며 성장하기 시작했다.

3년 전, 잠깐 방심을 하여 한 방 먹기는 했지만, 언제라도 충분히 제압이 가능하다고 여겼다.

그런데 오히려 그때보다 더 일방적으로 당했다.

3년 전에는 플라즈마 실드 발생 장치라는, 그저 상상으로만 존재하던 장비를 실현시키면서 인민해방군의 지상군을 격퇴시켰다.

당시 한국군이 운용한 전차들은 모두 최신예 전차로, 이론상으로만 존재하던 4세대 전차였다.

그에 반해 인민해방군의 전차는 3세대 전차에 속했다.

솔직히 종합 능력에서도 다른 나라의 3세대 전차들에 비해 많이 밀리는 전차였다.

사정이 그러다 보니 나름 결과에 수긍할 수 있었다.

하지만 이번엔 그렇지 않았다.

많은 사람들이, 아니, 객관적인 전력 분석을 통해 결과를 산출하는 워 게임에서도 자신들이 승리를 한다고 나왔다.

육상 전력뿐만 아니라 공중 전력까지 동원되었기에 미국이라 해도 쉽게 생각할 수 있는 전력이 아니었다.

당연히 압도적인 전력으로 한국군을 괴멸시킬 것을 믿어 의심치 않았다.

그런데 결과는 오히려 그 반대로 나타났다.

지상군은 물론이고, 공중 전력까지 한국군에 일방적으로 밀렸다.

200기가 넘는 전투기들이 출격하여 겨우 30여 기만이 돌아왔다.

아니, 도망쳐 왔다고 해야 옳으리라.

전투 중 한국의 전투기들은 미사일을 피하려 하지도 않았다.

미사일들이 알아서 피해갔다.

아무리 자국 무기들이 신뢰할 수 없는 부분이 있다지만, 저렇게 모든 미사일이 불량이 날 수는 없는 일이었다.

그렇다면 한국의 전투기에는 뭔가 자신들이 모르는 비밀

이 있다는 소리였다.

주진평이나 다른 상무위원은 물론이고, 이 자리에 있는 인민해방군 장성들도 그렇게 생각했다.

한국 전투기들에는 자신들이 모르는 비밀이 분명 있을 것이고, 그것이 자국 전투기가 발사한 미사일들을 교란했을 것이라고 말이다.

이들이 그런 생각을 할 수 있던 이유는 한국군이 보유한 전투기들의 제원을 알고 있기 때문이었다.

여러 가지 경로를 통해 한국군이 보유한 장비들에 대한 제원 대부분을 알고 있는 중국 지도부였다.

그렇기에 조금 전 벌어진 교전 결과를 인정할 수가 없었다.

하지만 마음이야 어떻든 눈앞에 펼쳐진 결과는 현실이었다.

일방적인 학살.

너무도 충격적인 결과에 장내의 사람들은 오직 침묵으로만 일관했다.

조금 전 자신이 본 영상을 조용히 되새김하던 주진평은 고개를 돌려 리정안 국안부장을 보며 힘겹게 말문을 열었다.

"이게 어떻게 된 일인가? 정말 한국의 전력을 제대로 파악하고 있던 것이 맞나?"

주진펑은 한국의 전력이 자신들이 파악한 것과 너무도 다른 것에 화도 내지 않으며 담담하게 물었다.

리정안 국안부장의 표정은 마치 백지가 무색할 정도로 창백해졌다.

총서기인 주진펑이 가장 화가 났을 때 보이는 억양.

겉으로 보기엔 전혀 그런 것 같지 않지만, 리정안은 잘 알고 있었다.

지금 리정안은 총서기 주진펑이 얼마나 분노하고 있는지를.

폭풍전야라고 했던가.

화가 머리끝까지 치솟은 주진펑은 오히려 화가 나지 않은 사람처럼 너무도 담담해 보였다.

하지만 이후의 파장은 상상을 불허할 정도로 어마어마할 것이다.

권력의 정점에 선 주진펑은 지금의 자리에 오르기까지 결코 평탄한 길을 걸어오지 않았다.

많은 고난과 역경을 헤치고 지금의 자리에 올랐다.

그 과정에 주진펑 본인을 노리는 위협도 있었지만, 가족이나 친인을 대상으로 벌이는 테러나 공작도 많았다.

자신보다 새끼가 공격당했을 때 더욱 사나워지는 것이 짐승이 가진 본성이다.

그렇기에 사냥꾼에게는 불문율과 같은 것이 있는데, 그것은 바로 새끼를 가진 짐승은 사냥하지 않는다는 것이다.

어미를 잃으면 새끼가 생존할 수 없다는 것도 한 이유지만, 무엇보다 새끼를 지키기 위해서라면 어미는 무척이나 흉포해질 수 있다는 사실 때문이었다.

평범한 초식동물도 그럴진대, 육식동물은 어떠하겠으며, 또 중화인민공화국 최고 권력자인 주진평은 어떠하겠는가.

사실 주진평의 분노를 산 자들의 말로를 리정안은 너무도 잘 알았다.

자신이 바로 주진평의 분노를 처리하곤 했으니 당연한 일이었다.

리정안이 처리한 사람 중에는 주진평 못지않은 권력자도 있었고, MSS의 특수부대인 흑검에 준하는 무력을 가진 자도 있었다.

하지만 그 누구도 주진평의 분노를 비껴가지 못하고 모두 어둠 속으로 사라졌다.

사망신고도 없이 그냥 세상에서 사라진 것이다.

외부에 밝혀지면 큰 혼란이 야기될 것이 분명하기에 서류 상으로는 남아 있을 뿐, 그 존재가 사라진 이들은 상당하였 다.

또 그와 반대로 목숨은 부지했지만 살아온 흔적이 모조리 지워진 이들도 많았다.

어떤 것이 더 낫다고 볼 수는 없겠지만, 아무튼 주진평이 지금처럼 담담하게 말을 할 때면 조심해야 한다는 것을 누구보다 잘 알고 있는 리정안이었다.

자연 대답도 최대한 공손하고 조심스럽게 흘러나왔다.

"정보를 담당하는 국안부장으로서 적국의 전력을 제대로 파악하지 못한 점 반성하고 있습니다. 하지만 그것은 비단 저희의 잘못만은 아닙니다. 한국이 너무도 정보를 철저하게 숨기고 있었기에 파악을 하지 못한 것입니다. 실제로 미국도 한국의 전력을 제대로 파악하지 못하고 있는 것으로 밝혀졌습니다."

리정안은 최대한 조심스럽게 변명을 하였다.

"그게 무슨 소린가?"

하지만 주진평은 리정안의 변명에 더욱 차가워진 표정으로 물었다.

리정안은 자신을 구명할 기회가 찾아왔다 판단을 하며 미국에서 빼돌린 정보를 주진평에게 들려주었다.

"예. 이는 결코 제가 변명을 하려는 것이 아닙니다. 사실 이번 전투가 있기 전에 저희 MSS에서는 한국의 동맹인 미국을 살폈습니다. 흑화가 미국 펜타곤의 슈퍼컴퓨터에 침투하여 한국의 전력을 알아내기 위한 작업이었는데, 그 와중에 우리 중화인민공화국과 한국과의 전쟁을 시뮬레이션한 내용을 발견해 빼냈습니다."

"그래?"

주진평은 흑화가 미국 국방부를 해킹했다는 말에 관심을 보였다.

리정안은 자신의 말에 관심을 보이는 주진평의 모습에서 속으로 안도의 한숨을 쉬었다.

총서기인 주진평의 관심이 자신의 생명줄을 보장해 줄 것이란 사실을 알고 있기 때문이다.

물론 그것이 100% 보장인 것은 아니지만, 어찌 되었든 조금 전의 위급한 상황에서는 벗어났다고 느낄 수 있었다.

"예. 잠시 이것을 봐주시기 바랍니다. 흑화가 펜타곤에 침투해 빼낸 저희와 한국의 워 게임 결과입니다."

리정안은 얼른 노트북을 조작하여 전면에 있는 화면에 자료를 띄웠다.

곧 화면 위로 무수한 글자와 숫자들이 빠르게 나열되더니 각종 그래프가 움직였다.

아시아 지도가 나타나고 중국과 한국이 보였다.

중국은 빨간색으로, 그리고 한국을 파란색으로 구분되어 있었다.

워 게임이 시작되자 붉은색과 파란색은 잠시 국경선에서 오르락내리락하더니, 점점 붉은색이 한반도를 물들여 갔다.

화면을 보던 많은 사람들이 입가에 미소를 지었다.

하지만 그때까지도 주진평의 표정에는 변화가 없었다.

그런데 점점 붉게 물들던 지도가 한순간 검게 물들어 버렸다.

그리고 화면에 나온 단어는 무승부라는 붉은 글씨였다.

"저게 어떻게 된 것이지?"

주진평은 뜻밖의 결과에 눈살을 찌푸리며 물었다.

리정안은 지금이 자신의 목숨을 구할 수 있는 유일한 기회임을 깨닫고 열성을 다해 분석 내용을 설명했다.

"워 게임에서 저런 결과가 나온 것은 재래식 전력에서는 우리 중국이 이기지만, 최후의 순간에 한국이 핵무기를 사용하여 공멸하는 결과가 나온 것이라 판단됩니다."

"핵무기?"

누군가 자신도 모르게 핵무기란 단어를 중얼거렸는데, 워낙 조용하던 상황인지라 그의 목소리가 회의실 안을 울렸다.

"우리는 한국이 핵무기 보유국임을 잊어선 안 됩니다. 그들이 핵무기를 보유한 사실을 가장 먼저 인정한 나라가 바로 저희이니까요."

리정안은 마치 한국이 핵보유국임을 선언이라도 하듯 단호한 억양으로 대답하였다.

주진평도 그제야 조금 전 워 게임의 결과가 무엇 때문인지 깨달을 수 있었다.

한국이 불리해지자 핵무기를 사용했으며, 중국 또한 보복성 핵무기를 발사했으리라.

그리고 그 결과가 모두 멸망하여 무승부가 되었다는 것이다.

너무도 허무한 결말에 중국의 권력자들이 충격에 빠져 있을 때, 화면 위로는 계속해서 워 게임의 결과들이 도출됐다.

어떤 때는 한국이 중국을 위협하며 세력을 확대하다가도 결국에는 중국에 밀려 핵무기를 발사하고 공멸하는 것으로 결론이 나왔다.

상황은 여러 가지 변화가 있지만, 결과는 동일했다.

어떻게 흘러가더라도 최후에는 핵무기로 인한 공멸만이 존재했다.

너무도 허무한 결론에 주진평은 심각한 표정을 지었다.

지금까지 본 자료대로라면 자신들이 상정한 예상대로 전쟁이 흘러가더라도 결국 공멸이었다.

그런데 현실은 자신들이 일방적으로 당했다.

물론 다시 전력을 동원해 명예회복을 꾀할 수는 있을 것이다.

하지만 이미 정해진 결론에서 벗어나기란 요원한 일이었다.

그러한 사실은 중국 지도부에게는 무척이나 심각하게 다가왔다.

한국에 대해 너무도 모르고 있었다는 후회와 함께 무엇을 더 감추고 있을지 모른다는 두려움마저 들었다.

10월 1일, 대한민국은 큰 충격에 빠졌다.

지금까지 정부에서 대한민국도 테러 위험 국가라 떠들기

는 하였지만, 국민 대부분은 그다지 신경을 쓰지 않았다.

지구 어디를 돌아다녀 봐도 대한민국만큼 치안이 잘 잡힌 나라가 없었다.

물론 9.11 테러를 저지른 알카에다나 2010년여부터 이름을 떨치기 시작한 IS의 테러 사례가 언급되면서 잠시 불안에 떨기는 하였지만, 그때뿐이었다.

정작 한국 국내에서 테러의 조짐은 전혀 보이지 않은 탓이었다.

그러다 보니 국민들은 테러에 대한 불감증에 걸린 것마냥 그저 남의 나라 일처럼 생각하였다.

그런데 아이러니하게도 정부가 대대적으로 홍보를 한 행사에서 테러가 발생했다.

그 때문에 많은 사람들이 죽거나 다쳤다.

IS가 자신들의 소행임을 밝히면서 한국인들은 큰 혼란에 빠졌다.

대한민국도 더 이상 테러에 안전하지 않다는 불안감을 느꼈다.

3년 전, 중국과의 교전이 벌어지기도 했지만, 어차피 북한 지역에서 일어난 국지전이라 현실적으로 와 닿지가 않았다.

한데 IS의 테러에 이어 중국이 정식으로 선전포고를 표명했다.

사람들은 모이면 언제나 테러나 중국의 선전포고에 대한 이야기를 나누었다.

대한민국은 3년 전에 극적인 통일을 이루었다.

물론 통일을 하는 과정이 순탄하고 평화롭지는 않았다.

북한의 도발로 인해 당시 상황은 전쟁 직전까지 치달았다.

하지만 군의 즉각적인 대응과 정부의 비밀 작전으로 통일은 순식간에 이루어졌다.

그랬기에 국민들은 언제 그런 위협이 있었냐는 듯 평화로운 일상을 유지했다.

통일 이후에도 큰 문제는 없었다.

남과 북이 하나가 되기 위해서는 많은 진통이 있을 것이라 내다본 많은 전문가들의 견해는 모두가 빗나갔다.

철저하게 대응 방침을 세워둔 정부의 진두지휘로 별탈 없이 화합이 이루어졌다.

마침내 남북이 온전히 하나가 되는 날이 다가왔다.

그날을 기리기 위해 대대적으로 행사를 진행했는데…….

그 순간, 날벼락을 맞은 것이다.

테러의 충격이 다 가시지도 않은 상태에서 이번에는 중국이 선전포고를 하였다.

화(禍)는 혼자 오지 않는다고 했던가.

IS의 테러에 이은 중국의 선전포고는 한순간 대한민국을 공황상태로 몰아넣기에 충분했다.

하지만 그런 와중에도 자신의 맡은바 일을 충실히 하는 이들이 있었다.

국가 공무원들이 그렇고, 또 나라를 지키는 군인들이 그러하였다.

군인들은 중국의 선전포고에 맞서 경계에 더욱 만전을 기했다.

공무원들은 정부의 정책에 발맞춰 불안에 떠는 국민들을 안정시키기 위해 노력하였다.

위기일수록 진가를 발휘하는 한민족의 힘이 발휘된 것이다.

외적의 침입에 의병을 일으켰던 선조들처럼 예비역 장정들은 솔선수범하여 병무청에 재입영 신청을 하였다.

나이가 좀 더 많은 민방위 대원들은 혼란스러운 상황을 통제하기 위해 나서서 질서를 유지시켰다.

물론 대한민국 국민들 전체가 자발적으로 정부에 협력한

것은 아니었다.

어디나 자신의 이득을 위해 움직이는 이기주의자는 있었다.

특히 국가의 혜택을 가장 많이 받은 일부 정치인이나 재벌들은 중국의 선전포고가 있고 얼마 지나지 않아 한국을 떠났다.

갖가지 핑계를 대며 떠나는 그들의 뒷모습은 추하기 그지없었다.

아무튼 사회 분위기는 10월 1일의 테러와 연이은 중국의 선전포고로 좋지 못했다.

하지만 그런 속에서도 국민들은 묵묵히 제 할 일을 해 나갔다.

3년 전, 북한의 전쟁 위협 속에서도 대한민국은 난관을 이겨냈다.

또 중국 심양 군구 병력들이 촉발시킨 제1차 한중교전 때도 대한민국 국군은 거뜬히 막아냈다.

그렇기에 이번에도 어떻게든 역경을 이겨낼 것이다.

그런 믿음이 있기에 중국의 선전포고를 별로 신경을 쓰지 않는 이들도 많았다.

수한과 루나도 그런 생각을 갖고 있었다.

수한이야 그동안 대한민국을 지키기 위해 노력해 왔고, 그에 대한 자신감도 충분했기에 사실 걱정을 할 게 없었다.

다목적 미사일이나 탄도미사일, 요격 시스템, 대한민국 육군의 주력 전차인 K—3 백호와 해군의 해모수급 순양함, 그리고 최근에 개발 완료한 공군의 스텔스 전투기인 K—4 유령까지.

그중 K—4 유령은 X—4가 공군에 채택되면서 정식으로 제식 명칭을 받았다.

K—4 유령은 적의 레이더에 걸리지 않는 스텔스 전투기이면서 또 육안으로도 보이지 않는, 완벽한 스텔스 전투기가 되었다.

말 그대로 눈에 보이지 않는 유령이라는 뜻에서 이름을 가져온 것이다.

이렇게 세계 어느 나라의 무기와 비교해도 한 수, 아니, 몇 수 위의 성능을 가지고 있는 군 장비들을 개발하였으니 당연히 수한으로서는 걱정할 것이 없었다.

더욱이 수한에게는 아직 감추어둔 한 수가 있었다.

그것은 정말로 대한민국이 최후의 순간까지 몰렸을 때를 대비한 것이기에 아직 외부로 선보이지 않고 감춰둔 것일 뿐이다.

수한이 감춘 것은 탄도 미사일 요격 시스템과는 별개의 것이지만, 결과적으로는 비슷한 역할을 할 것이다.

아무튼 자신이 그동안 준비해 온 것이 있으니 수한은 걱정이 없었다.

서울 강남.

"자기야, 뭐 하러 여기서 보자고 했어? 내가 자기한테 가면 되는데."

루나는 자리에 앉으며 귀엽게 앙탈을 부렸다.

오늘은 수한과 함께 결혼 예복을 입어보기로 한 날이었다.

두 사람의 예복은 조미영 여사가 해주기로 했다.

유명 패션 디자이너이기도 한 조미영은 뭐라도 해주고 싶은 마음에 아들이 결혼식 때 입을 예복과 루나의 웨딩드레스를 맞춰주기로 한 것이다.

그래서 지금 두 사람은 조미영이 운영하는 샵으로 가기 위해 만난 참이었다.

"누가 오면 어때. 시간이 많이 남는 사람이 오면 되는 것이지."

수한은 루나의 말에 별것 아니라는 듯 이야기했다.

무심한 듯하면서도 작은 것까지 배려해 주는 수한의 행동에 루나는 자신이 역시나 사람을 잘 봤다고 생각을 했다.

사실 루나는 결혼을 하게 되면 지금껏 해오던 일을 그만두어야 하나 고민했다.

루나가 그런 생각을 한 이유는 다른 것이 아니다.

재벌가로 시집을 가게 되면 거의 모든 여자 연예인들이 활동을 중단했다.

재벌가에서 보기에 아무리 연예인이 인기가 많다 해도 딴따라라는 인식이 박혀 있는 탓이었다.

즉, 격이 떨어진다고 생각을 하는 것이다.

그런데 수한이나 정명수는 그렇지 않았다.

두 사람은 루나의 연예계 활동에 대하여 전혀 문제 삼지 않았다.

그녀의 일을 인정하고, 더욱 잘할 수 있는 토대를 마련하기 위해 후원까지 해주었다.

그래서 루나는 수한이나 정명수에게 너무도 감사했다.

특히나 정명수는 대한민국의 차기 대통령이 될 사람이었다.

그런데도 루나의 연예계 활동을 적극 지지해 주었다.

물론 루나의 연예계 활동에 대해 마냥 좋은 이야기만 나온 것은 아니었다.

연예 활동을 하다 보면 외국으로 나가는 일도 당연히 존재했다.

그런데 현재 대한민국은 IS로부터 테러 위협을 계속해서 받고 있는 상태였다.

그런 상황에서 대통령의 며느리가 외국에 나가 있다면 당연히 테러 조직의 표적이 될 수밖에 없다는 것이다.

하지만 이런 문제는 수한으로 인해 말끔히 해결되었다.

수한은 루나의 해외 활동 시 라이프 메디텍 보안대를 경호원으로 보낼 것이라 선언함으로써 모두의 우려를 불식시켰다.

그들과 함께 생활을 한 지도 어언 8년이 되어간다.

그랬기에 이미 수한의 가족들은 라이프 메디텍 보안대의 실력을 누구보다 잘 알고 있었다.

덩달아 루나와 같은 그룹인 수정의 활동도 어물쩍 넘어가게 되었다.

"그나저나 연습하느라 배고프지 않아?"

얼마 뒤, 복귀가 예정되어 있기에 파이브 돌스는 현재 회사에서 마련해 준 연습실에서 불철주야 연습에 매진하고 있었다.

사실 IS의 테러 위협과 중국 과의 전쟁 때문에 사람들이 많이 모이는 행사는 잠정적으로 중단된 상태였다.

언제 다시 그런 규제가 풀릴지는 모르겠지만, 그렇다고 두 손 놓고 있을 수만은 없는 노릇이기에 일단 컴백을 위해 준비를 하는 것이다.

"잉, 나 배고파. 맛있는 것 좀 사줘."

루나는 수한의 곁으로 다가가 앉더니 어리광을 부렸다.

수한은 평소와 다른 루나의 모습에 잠시 정신을 차릴 수가 없었다.

루나 또한 부끄러운지 얼굴이 붉게 달아올랐다.

본인이 하고도 너무 어색했다.

사실 이 닭살 돋는 행동의 이유는 수빈의 조언 때문이었다.

한때 수한을 두고 경쟁을 하던 사이지만, 지금은 둘도 없는 단짝이 된 수빈.

물론 현재는 수빈도 애인이 있기에 루나는 그녀를 만나는 것이 어색하지 않았다.

사실 아무리 친하다고 해도 한 남자를 두고 경쟁한 사이라면 아무렇지 않게 이야기를 나누기란 쉽지 않았다.

하지만 이미 서로에게 각각의 사랑이 있기에 그런 어색한 관계가 해소할 수 있었다.

아무튼 수빈에게서 조언을 얻은 루나는 용기를 냈다.

비록 자신이 연상이기는 하지만 가끔 어리광도 부리고 해야 수한이 더 좋아할 것이란 수빈의 말을 믿은 것이다.

그리고 마침내 오늘, 실행을 했다.

문제는 수한이 보이는 반응이 좋다는 것인지, 아니면 당황하는 것인지 분간을 할 수가 없다는 점이었다.

"왜? 이상해? 이러면 남자들이 좋아한다고 하던데… 힝."

수한이 아무런 말을 하지 않자 루나는 다시 한 번 도전하였다.

평범한 말을 하는 듯하다 말끝에 귀엽게 콧소리를 냈다.

한편, 수한은 생각지도 못한 루나의 깜찍한 모습에 너무도 귀엽고 사랑스럽다는 생각을 하고 있었다.

사실 법적으로야 루나가 3살 연상이지만, 살아온 삶을 따져 보면 자신이 훨씬 나이가 많았다.

전생의 기억을 모두 가지고 있는 수한이기에 사실 처음 루나를 볼 때는 귀여운 손녀를 보는 것만 같았다.

누나를 만나는 자리에 함께 나온 루나의 첫 인상은 그렇게 귀여운 손녀와도 같았다.

그리고 자신의 관심을 끌기 위해 노력하던 모습이 귀엽게 느껴져 자신도 관심을 갖기 시작했다.

그러던 것이 어느 순간, 애정으로 발전을 하였다.

처음 시작이야 어떻든 간에 루나는 이제 수한에게 뗄 수 없는 존재가 되었다.

어떤 모습을 보이든 수한에게 루나는 귀여운 연인인 것이다.

그런데 마치 고양이가 교태를 부리듯 은근하게 유혹하는 모습에 수한은 정신을 차릴 수가 없었다.

잠시 당황하던 것도 잠시, 수한은 공공장소란 것도 잊고 루나를 껴안았다.

"꺅! 읍!"

수한의 느닷없는 행동에 놀란 루나는 얼떨결에 비명을 질렀지만, 곧 수한의 입술이 덮쳐와 금세 조용해졌다.

하지만 두 사람의 행동은 카페 안에 있던 사람들의 이목을 집중시켰다.

"어머!"

"어? 저 사람 루나 아냐?"

"세상에, 루나가 카페에서 남자랑……."

"특종이다!"

사람들의 갖가지 말소리가 들려왔지만, 지금 루나의 귀에는 그 어떤 말도 들어오지 않았다.

이미 결혼을 얼마 앞두지 않은 루나가 수한과 키스한 것은 한두 번이 아니었다.

하지만 오늘처럼 수한이 적극적으로 키스를 리드하는 경우는 극히 드물었다.

거의 대부분은 자신이 리드하는 편이었다.

그랬기에 지금 진짜 가뭄에 콩 나는 듯한 사건이 일어난 것이다.

입술을 덮친 수한이 뒤이어 혀를 밀어 넣었다.

이를 두드리는 감미로운 터치에 루나의 입이 절로 벌어지자 수한의 혀가 거침없이 파고들어 왔다.

마치 뱀이 나무를 타고 오르듯 수한과 자신의 혀가 엉키는 느낌에 루나는 정신을 차릴 수가 없었다.

댕! 댕!

루나는 성당의 종소리가 머릿속을 울리는 듯한 기분에 정신이 하나도 없었다.

마치 구름을 타고 하늘을 나는 듯 몸이 붕 떠오르는 것도 같고, 또 어떻게 보면 폭풍 속에서 한없이 날리는 낙엽이 된 것처럼 정신이 하나도 없었다.

마치 롤러코스터를 탄 듯 정신이 오르락내리락했다.

수한의 달콤한 키스 세례에 루나도 지금 자신이 있는 곳이 카페란 사실도 잊었다.

그저 더 깊이 받아들이기 위해 두 손으로 수한의 목을 끌어안았다.

휘힉!

그런 루나의 적극적인 반응에 카페 안은 더욱 소란스러워졌다.

하지만 카페에 있던 사람들은 두 사람의 행동을 방해하지는 않았다.

그저 부럽다는 시선으로 두 사람이 키스를 끝낼 때까지 조용히 지켜보았다.

얼마나 시간이 흘렀을까.

수한과 루나는 겨우 정신을 차리며 입을 뗐다.

그제야 두 사람은 현재 자신들이 있던 장소가 공공장소란 것을 떠올렸다.

"어머!"

루나는 얼른 고개를 숙이며 얼굴을 붉혔다.

하지만 수한은 얼굴이 붉어지긴 했지만 당당하게 고개를 들고 주변을 살폈다.

짝짝짝짝!

수한이 카페 안을 둘러보자 여기저기서 웃으며 박수를 보냈다.

수한의 모습에서 뭔가 알 수 없는 박력이 느껴져 그 용기에 박수를 보내는 것이었다.

"아무리 결혼할 사이라지만, 너무 질투가 나려고 합니다!"

카페에 있던 사람 중 한 명이 수한에게 놀리듯이 소리쳤다.

"맞아요!"

그러자 곧 여기저기서 맞장구치듯 놀리는 소리가 이어졌다.

수한은 루나와 자신을 축하해 주는 주변 사람들에게 어느 정도 보상을 해야겠다고 생각했다.

"이런, 제가 곧 새신부가 될 여인이 너무도 사랑스러워 여러분께 본의 아니게 피해를 줬군요. 죄송한 마음에 제가 한턱 쏘겠습니다."

수한은 호기롭게 자리에서 일어나 카운터 한쪽에 설치된

벨을 울렸다.

일명 골든 벨이라 불리는 행위.

카페 안에 있는 손님들에게 대신 계산을 해주겠다는 의사 표현이었다.

수한의 행동을 잠시 말없이 지켜보던 사람들은 다시 한 번 환호성을 질렀다.

"오우! 성격도 화끈하시네!"

"우리 여신님을 뺏어간다고 해서 미워했는데… 흑흑, 두 분 잘 어울리네요."

카페 안에 있던 남자 손님들 중에 루나의 팬이 있었는지 여신이란 말과 함께 이런저런 이야기가 터져 나왔다.

"하하하!"

루나를 알아본 사람들이 결혼을 축복해 주는 덕담을 건네자 수한은 미소로 화답했다.

카페에서 본의 아니게 루나에게 키스를 한 것이나 넉살 좋게 골든 벨을 울리며 기분을 낸 것 등 평소 하지 않던 행동을 한 수한이지만, 결코 나쁜 기분은 아니었다.

결혼을 앞둔 수한과 루나에게는 이 모든 일들이 새로운 경험으로 기억될 것이다.

8.
일본의 선전포고

서울 남산을 배경으로 조화롭게 들어서 있는 천하 호텔.

　이곳 천하 호텔은 대한민국 유일의 7성급 호텔이다.

　재계 서열 3위였던 일신 그룹의 소유였던 일신 호텔을 매입한 천하 그룹에서 리모델링을 마친 후 새로이 개장했다.

　당시 천하 그룹이 리모델링을 한 이유는 너무도 짙은 왜색(倭色) 때문이었다.

　대한민국 유일의 7성급 호텔이 일본의 색채를 띤다는 것은 말이 되지 않았다.

　그랬기에 천하 그룹 정대한 회장의 엄명으로 왜색을 몽땅

제거했다.

대신 아름다운 한민족 고유의 색과 선을 집어넣어 동서양의 양식이 적절하게 어우러진 호텔을 만들었다.

그에 대한 반응은 가히 폭발적이었다.

너무도 수려한 모습에 웬만한 국제 행사가 개최될 때마다 장소 협찬을 제의 받을 만큼 국내외로 유명세를 떨쳤다.

그런 천하 호텔이 아침부터 분주하게 움직이고 있었다.

그도 그럴 것이, 오늘 이곳에서 호텔 오너인 정수종 사장의 사촌동생이자 천재 과학자인 정수한이 톱스타인 루나(김선영)와 결혼식을 올리기 때문이었다.

톱스타 루나만으로도 호텔 측에서는 준비에 만전을 기할 만큼 중요한 일이었다.

한데 결혼식의 다른 주인공이 바로 오너 일가였기 때문에 더욱 신경을 써야 했다.

더욱이 결혼식에 초청된 손님들의 면면도 결코 예사롭지 않았다.

그러니 호텔 관계자들에게는 비상이 떨어진 것이다.

하객들의 신분이 대단하다 보니 경호에도 신경이 쓰였다.

보통 연예인이나 상류층의 결혼도 그렇지만, 많은 하객들이 올 때는 안전에 많은 신경을 쓴다.

그런데 지금 대한민국은 중국과 전쟁 중이며, 얼마 전에는 국제적 테러 조직인 IS로부터 테러를 당했다.

그 때문에 많은 사람들이 모일 수 있는 행사는 대체로 취소가 되는 상황인 것이다.

결혼식과 같은 행사에도 경찰이 파견되어 혹시라도 폭발물이나 위험물질이 있는지 철저히 조사를 할 정도였다.

그런데 오늘 치러질 결혼식은 그런 정도를 훌쩍 넘어섰다.

엄청난 위명과 신분을 가지고 있는 이들이 하객으로 초청된 것이다.

개중에는 유명 스타들도 있지만, 대부분은 정관계 고위 인사와 재계의 거물들이었다.

정관계 인사들이 많이 참석을 한 이유는 사실 별거 없었다.

혼주(婚主)가 바로 몇 달 뒤면 이 나라의 국가원수가 될 대통령 당선자였기 때문이다.

그러니 혼주에게 잘 보이기 위해 결혼식에 하객으로 참석하는 것이었다.

아무튼 많은 유명인들이 참석할 예정이기에 천하 호텔 직원들은 긴장의 끈을 놓지 않은 채 무언가 부족한 것은 없는

지 주변을 살피기에 여념이 없었다.

$$\diamond \qquad \diamond \qquad \diamond$$

"정문, 이상 없나?"

오늘 결혼식의 보안 책임자로 임명된 김갑돌은 무전을 통해 하나하나 체크를 해 나갔다.

치직!

— 정문 이상 없습니다.

"알겠다. 계속 주변을 살피기 바란다."

이상 없다는 보고를 받은 김갑돌은 이번에는 후문을 체크하였다.

"후문 보고하라."

치직!

— 후문 이상 무!

차례차례 체크를 하고 이중 삼중으로 주변을 살핀 김갑돌은 경호에 만전을 기했다.

현재 천하 호텔은 수한과 루나의 결혼식을 위해 별관 전체를 비운 상태였다.

혹시나 테러가 발생할 수도 있기에 결혼식이 거행될 별관은 며칠 전부터 비워놓고, 본관 또한 신분이 확실한 손님만 받고 있었다.

그로 인해 매출은 감소하겠지만, 사고가 터지는 것에 비하면 그야말로 문제도 되지 않았다.

만약 결혼식 도중 사고가 발생한다면 그 피해는 손님을 받지 않아 발생하는 손실과는 비교도 되지 않을 것이 분명했다.

그렇기에 이는 호텔 오너인 정수종 사장의 지시가 아닌, 천하 그룹 차원에서 결정된 사항이었다.

물론 결혼 당사자인 수한은 그 결정에 대해 만류하였지만, 정대한 명예회장이 억지로 밀어붙여 수한으로서도 어쩔 수 없이 양보를 한 일이었다.

"이상 없나요?"

한창 호텔 주변 보안에 대하여 점검을 하고 있던 김갑돌은 갑자기 들려오는 말소리에 고개를 돌렸다.

그곳에는 멋들어진 검은색 턱시도를 차려입은 수한이 있었다.

"아, 언제 오셨습니까? 이상 없습니다."

수한은 김갑돌의 인사를 받으며 그가 들여다보고 있던 모니터에 관심을 드러냈다.

보안 책임자로 임명된 김갑돌이 지금 자리한 곳은 천하 호텔 보안실이었다.

천하 호텔 본관은 물론이고, 별관에 있는 CCTV를 관리하는 아주 중요한 곳이었다.

사실 천하 호텔 보안 요원이 아닌 라이프 메디텍 보안대 책임자인 김갑돌이 이 자리에 자리하고 있는 이유는 단순했다.

천하 호텔 보안 요원들보다 라이프 메디텍 보안대의 실력이나 장비가 월등이 좋기 때문이다.

천하 호텔 보안 요원들도 군 특수부대 출신이나 무술 유단자들로 구성되어 있지만, 라이프 메디텍 보안대와는 비교할 수 없었다.

현재 전 세계적으로 유명한 지킴이 PMC를 만든 토대가 이들 라이프 메디텍 보안대라는 것은 이미 대한민국 상류층에 공공연하게 알려진 사실이었다.

특히나 천하 그룹은 라이프 메디텍 보안대가 얼마나 뛰어난 곳인지 누구보다 잘 알기에 수한이 자신의 결혼식 보안을 이들에게 맡기겠다고 했을 때 어느 누구도 반대하는 이가 없었다.

그리고 이곳 천하 호텔 오너인 정수종 또한 수한의 요청에 흔쾌히 수락하였다.

그렇기에 현재 호텔 보안 요원들은 본관과 별관의 객실이나 복도 등을 돌며 호텔 내부에 이상이 있나 살피는 임무를 맡고 있었다.

물론 그들을 지휘하는 것은 라이프 메디텍 보안대원들이었다.

어차피 천하 그룹 산하 보안 요원이나 경비 인력들은 1년에 두 차례씩 전반기와 후반기로 나눠 라이프 메디텍 보안대와 함께 합동으로 훈련을 하고 있었기에 라이프 메디텍 보안대의 실력을 잘 알았다.

그게 바로 아무런 반발 없이 그들의 지휘를 받아들이는 이유인 것이다.

현재 통제실에서는 200여 대의 CCTV들이 건물 복도와 로비 등을 사각(死角) 없이 살피고 있었다.

수한은 그런 모니터들을 하나도 빠짐없이 체크하고는 자리에서 일어났다.

"오늘 하루 수고 좀 해주세요."

수한은 김갑돌에게 인사를 건네며 보안실을 빠져나갔다.

"예, 알겠습니다. 그리고 결혼을 축하드립니다."

"고맙습니다."

"어딜 갔다 온 것이냐?"

식장 앞에서 하객을 맞이하고 있던 정명수는 수한을 보자마자 타박을 하였다.

신랑이라는 놈이 하객을 맞이하지 않고 저 좋을 대로 다녀오는 모습이 왠지 분하게 느껴져서였다.

"예. 잠시 보안실에 좀 다녀왔습니다."

수한은 정명수의 핀잔에 빙그레 미소를 지으며 넉살좋게 대답을 하였다.

"음. 그래, 이상 없다고 하더냐?"

"네. 아무 이상 없이 잘 진행되고 있는 것 같았습니다. 그러니 너무 걱정하지 마세요. 아무 일 없을 겁니다."

수한은 정명수를 안심시키며 주변을 살폈다.

지금 이곳 로비에도 많은 보안 요원들이 있는데, 그중에는 은신(隱身) 모드를 활성화시킨 라이프 메디텍 보안 요원들도 있었다.

혹시라도 경계를 뚫고 침투한 테러리스트가 있다 해도 이를 조용히 제압하기 위해 은신을 하고 있는 것이었다.

이는 정말로 최악의 상황을 상정하고 만들어놓은, 함정과도 같은 것이어서 수한과 라이프 메디텍 보안대 일부만이 알고 있는 극비 사항이었다.

그리고 혹시나 미사일과 같은 대량 살상 무기가 호텔을 공격할지도 모른다는 가정하에 호텔 주변에는 플라즈마 실드 발생 장치가 설치되어 있었다.

이는 윤재인 대통령과 정부 관계자들이 참석한다고 통보해 왔기에 취한 조치였다.

만약 대통령이 참석한다는 연락만 없었다면 굳이 플라즈마 실드 발생 장치 같은 물건을 설치할 필요는 없었을 것이다.

하지만 대통령이 참석을 통보했으니 확실한 안전장치를 설치하지 않을 수가 없었다.

현재 대한민국은 전쟁 중이다.

차기 대통령으로 내정된 정명수도 중요하지만, 현재는 전쟁을 수행 중인 현임 대통령의 존재가 가장 중요했다.

이미 가진바 능력이 인간의 범주를 벗어난 수한으로서는 자신의 주변은 어떤 상황에서도 보호할 자신이 있었다.

하지만 윤재인 대통령의 안전에 대해서는 자신의 숨겨진 능력을 드러내면서까지 지켜줄 의무가 없다는 생각에 그나마 플라즈마 실드 발생 장치를 가져와 설치한 것이다.

"대통령께서 도착하셨습니다."

대통령 경호원 중 미리 파견된 경호원 한 명이 정명수에게 소식을 알려왔다.

"음, 알겠네."

정명수는 대통령이 도착했다는 말에 호텔 별관 입구로 향했다.

그 뒤를 아내인 조미영 여사와 결혼 당사자인 수한도 따랐다.

어찌 되었든 지금 오는 하객은 일반 하객과 다른 존재이지 않은가.

그러니 그에 따른 예를 보일 필요가 있는 것이다.

별관 입구로 나와보니 봉황 무늬 깃발을 달고 달려오는 검정색 세단이 보였다.

대통령이 타고 있는 리무진 승용차였다.

리무진이 별관 입구에 정차하자 경호원들이 대통령이 탄 리무진을 앞뒤로 둘러쌌다.

그런 후, 경호원 중 한 명이 들고 있던 검정색 가방을 들어 뭔가 조작하였다.

그것은 바로 수한이 개발한 개인용 플라즈마 실드 발생 장치였다.

대통령의 경호를 위해 청와대 경호실에서 천하 컨소시엄

에 의뢰를 넣어 만든 것이다.

4년 전, 청와대는 천하 컨소시엄이 차기 주력 전차를 개발하던 중에 플라즈마 실드 발생 장치를 만들어내자 이를 대통령 경호에 사용하길 원했다.

그래서 청와대 경호실장은 천하 그룹 정대한 회장에게 그러한 의사를 타진하였고, 수한은 의뢰를 받아들였다.

대통령의 존재는 국가 운영에 있어 무척이나 중요한 것이고, 또 자신과 코드가 맞는 윤재인 대통령의 안전을 위해서도 꼭 필요한 물건이라 생각한 것이다.

뭐, 윤재인 대통령이 해외 순방을 다니면서 선전을 해주는 바람에 생각지도 못한 수익을 올리기도 했다.

아무튼 경호원이 플라즈마 실드 발생 장치를 활성화시켜 리무진을 감싸자 그제야 뒷문이 열리고 윤재인 대통령이 모습을 드러냈다.

리무진에서 내린 윤재인 대통령은 경호원들의 호위를 받으며 별관 입구에 서 있는 정명수 대통령 당선자와 그의 부인, 그리고 오늘 결혼식의 주인공인 수한이 있는 곳으로 걸어왔다.

"축하드립니다."

"감사합니다."

윤재인 대통령은 밝은 표정으로 정명수에게 축하 인사를 건넸다.

차례대로 인사를 하던 윤재인 대통령은 수한의 앞에 이르러서는 잠시 아무런 말이 없었다.

그저 수한의 얼굴을 쳐다보다 다른 말을 하였다.

"고맙네."

"아닙니다. 대한민국 국민으로서 당연히 제가 할 수 있는 일을 했을 뿐입니다."

"아니야. 그런 당연한 일을 그렇게 생각하지 않는 이들이 얼마나 많은가. 그런 마음을 잃지 않고 해준다는 것, 그런 것이 고마운 것이지."

별거 아니라는 듯 말을 하는 수한에게 윤재인 대통령은 거듭 고맙다는 사의를 표했다.

"안으로 드시지요."

수한은 이대로 있다가는 말이 길어질 것 같은 예감이 들어 화제를 돌렸다.

그렇지 않아도 이곳은 사방이 드러나 있어 경호를 하기에는 결코 좋지 않은 장소였다.

그러니 경호원들을 생각해서라도 얼른 실내로 들어가는 것이 좋았다.

수한의 의도를 알아차린 윤재인 대통령은 빙그레 미소를 지으며 안으로 들어갔다.

하나를 좋게 보면 뭘 해도 좋게 보인다고, 수한의 행동 하나하나가 윤재인 대통령에게는 좋은 모습으로 비쳐졌다.

수한은 윤재인 대통령이 식장 안으로 들어간 것을 확인하고는 정명수에게 말을 하였다.

"아버지, 전 잠시 선영 씨에게 다녀올게요."

"그래, 알았다."

수한이 신부 대기실로 다가가자 안에서 왁자지껄한 소리가 들려왔다.

"무슨 일이지?"

수한은 고개를 갸웃거리며 신부 대기실로 들어갔다.

딸깍.

"무슨 좋은 일이 있기에 웃음소리가 밖에까지 들려?"

수한의 질문에 조금 전까지 왁자지껄했던 신부 대기실에는 한순간 침묵이 흘렀다.

"왜? 무슨 일이야? 내가 뭐 못 물어볼 것 물어본 거야?"

수한은 갑자기 조용해진 사람들을 둘러보며 물었다.

지금 신부 대기실 안에는 웨딩드레스를 입은 루나와 파이브 돌스 멤버들이 모두 함께 있었다.

뿐만 아니라 한때 수한을 두고 루나와 경쟁을 벌이던 수빈도 자리에 있었다.

"수빈 씨, 무슨 일인데 내가 들어오니 갑자기 조용해진 거야?"

수한은 아무도 말이 없자 시선을 돌려 수빈에게 질문을 던졌다.

수빈도 수한보다 두 살이 더 많았지만, 현재는 말을 트고 편하게 지내는 사이였다.

자신의 외모를 되찾아주고 지금을 있게 해준 수한이었다.

더욱이 한때 연모했던 남자가 멋진 모습을 하고 눈앞에 나타나자 수빈은 잠시 정신을 차릴 수가 없었다.

그러다 겨우 대답을 했다.

"흠, 우리가 무슨 이야기를 했냐면……."

"야! 그 이야기를 수한이에게 하면 어떻게 해!"

수빈이 입을 열려고 하자 루나가 당황해하며 얼른 말을 막았다.

그런 루나의 모습에 장난기가 생긴 듯 옆에 있던 예빈이 루나를 붙잡으며 수빈을 부추겼다.

"수빈아, 조금 전 루나가 우리에게 해줬던 이야기 그대로 해줘."

"알았어, 언니."

수빈은 뭔가 의미심장한 미소를 던지며 수한을 돌아보았다.

그런 그녀들의 모습에 수한은 알 수 없다는 표정으로 고개를 갸웃거렸다.

'뭐지? 뭔데 루나는 수빈이 말을 하지 못하게 하고, 또 예빈 누나는 그런 루나를 왜 막는 것이지?'

알 수 없는 그녀들의 행동에 의문이 들었지만, 곧 수빈이 이야기를 해줄 것 같아 보여 가만히 지켜보기로 하였다.

"그러니까… 조금 전에 무슨 일이 있었냐면……."

"예휴, 이것들아, 그만하고 우린 그만 식장으로 가보자. 여긴 신랑하고 신부에게 맡겨두고. 두 사람도 결혼식 전에 마지막으로 할 이야기가 있을 테니 우린 자리를 비켜줘야지."

결국 파이브 돌스의 리더인 수정이 루나를 놀리는 예빈과 수빈을 만류하며 나섰다.

"에이, 아깝다. 더 놀려줄 수 있었는데."

"그러게. 수정이가 조금만 더 참았으면 오늘 루나 얼굴이 폭발하는 것도 볼 수 있었을 텐데 말이야."

예빈과 미나가 아깝다며 루나를 한 번 쳐다보고는 신부

대기실을 나갔다.

그리고 레이나와 수빈, 그리고 수정까지 예식장으로 돌아갔다.

그러자 조금 전의 소란스러웠던 것이 무색할 만큼 넓은 신부 대기실에는 두 사람만 남게 되었다.

한동안 쑥스러운 분위기가 돌며 두 사람은 아무런 말도 하지 못했다.

"큭, 언니들은 결혼하는 날까지 날 놀리고……."

뭐가 억울한 것인지, 아니면 변함없는 그녀들의 모습이 좋은 것인지 루나는 작게 미소를 짓다가 살짝 나오려는 눈물을 손으로 찍어 닦아냈다.

수한은 말없이 다가가 손수건을 꺼내 그녀의 눈에 맺힌 눈물을 닦아주었다.

"고마워."

"아니야. 이제 조금 후면 유부녀가 될 텐데, 후회하지 않아?"

수한은 조용한 음성으로 루나의 손을 잡으며 부드럽게 말을 건넸다.

하지만 루나는 밝게 미소를 지으며 대답을 하였다.

"아니, 후회하지 않아. 나 지금 너무나 행복해."

"응, 그래. 고마워."

수한의 미소를 지으며 자연스럽게 그녀에게 키스를 하였다.

루나는 감미로운 수한의 키스에 기분이 좋아 정신이 멍해졌다.

그러다 곧 결혼식 생각을 떠올리며 얼른 수한에게서 떨어졌다.

"그, 그만!"

"알았어. 지금은 이것으로 참겠지만, 오늘 밤 기대하라고."

빙그레 미소를 지은 수한은 의미심장한 말을 남기고는 신부 대기실을 나섰다.

멍하니 수한의 뒷모습을 쳐다보던 루나는 조금 전 수한이 남기고 간 말을 다시 한 번 되새기고는 얼굴을 붉혔다.

'아, 몰라!'

조금 전, 파이브 돌스 멤버들과 나눈 이야기와 수한이 남긴 말이 연이어 떠오르면서 루나의 얼굴은 더없이 붉어졌다.

그녀가 이렇게 부끄러워하는 이유는 짓궂은 미나의 질문 때문이었다.

수한과 루나가 서로의 마음을 확인하고 결혼을 결정한 뒤, 두 사람의 스킨십은 자연스러워졌다.

그리고 어느 순간, 두 사람은 함께 밤을 보내는 시간이 많아졌다.

자연스럽게 한 침대 위에서 두 사람은 서로의 사랑을 확인하였다.

그런데 그런 사실을 알게 된 미나가 은근하게 루나를 긁으며 수한의 잠자리 기술이 어떤지 물은 것이다.

처음에는 너무도 개인적인 일이기에 말하지 않으려 하였는데, 그만 미나의 속임수에 홀딱 넘어가 털어놓고 말았다.

그 뒤는 빤한 전개였다.

먹잇감을 찾은 맹수의 눈빛으로 파이브 돌스 멤버들이 루나를 놀려 댄 것이다.

파주 두포리.

임진강이 내려다보이는 이곳에 얼마 전 별장이 하나 들어섰다.

보통 별장이 들어선다 해도 인근 주민들은 별로 신경을

쓰지 않는데, 이 별장만은 예외였다.

그도 그럴 것이, 연예인들이 주로 타고 다니는 스타 밴이 수시로 들락날락하였기 때문이다.

주민들 중 몇 명은 실제로 밴에서 내리는 스타를 보기도 했다.

누가 사는지는 모르지만, 동네잔치 등에 찬조도 하였기에 나름 평판이 좋았다.

다만, 별장에 접근하려고 하면 철저하게 신분을 물어보는 등 조금 까다롭게 하는 일이 있어 잘 접근을 하지는 않았다.

들리는 소문에 의하면, 별장의 주인은 뭔가 연구를 하는 사람이라고 했다.

그런데 연구하는 사람이 사는 별장에 왜 연예인들이 찾아오는지는 알 수 없는 일이었다.

그런 별장에 지금 하얀색 밴 한 대가 다가오고 있었다.

그러자 별장 입구를 막고 있던 철문이 열렸다.

곧 밴이 별장 안으로 들어가고 철문은 언제 열렸냐는 듯 쿵! 소리를 내며 닫혔다.

늦은 시각이라 그 모습을 본 사람은 아무도 없었다.

징.

"자기야, 나 왔어!"

루나는 현관문을 열고 안으로 들어서며 큰 소리로 수한을 불렀다.

"응, 어서 와. 피곤하지?"

수한은 식당에서 나오며 루나를 맞았다.

"나 배고파."

"응, 알았어. 준비하고 있으니 얼른 씻고 와."

"땡큐!"

루나는 촬영이 늦게까지 계속되는 바람에 미처 저녁을 먹지 못하였다.

그 때문에 현재 배가 무지 고팠다.

평소라면 동료들과 함께 회식을 했겠지만, 오늘은 한 달만에 수한을 보는 날이라 촬영을 끝내자마자 나는 듯이 달려온 것이다.

루나가 호들갑을 떨든 말든 로드 매니저는 피곤하다며 별장에 마련된 손님방으로 들어갔다.

몇 달 전부터 루나가 수한과 함께 살게 되면서 로드 매니저에게는 아예 따로 방을 내주었다.

괜히 그녀를 내려주고 집에 갔다가 다시 새벽같이 이곳으로 와서 촬영장에 데리고 가는 일이 너무도 피곤하고 번거

로울 듯해 그리한 것이다.

"오늘은 메인이 뭐야?"

루나는 젖은 머리를 말리며 식당으로 들어서서 저녁 메뉴에 대하여 물었다.

방금 씻고 나온 그녀는 무척이나 편한 차림새였다.

몇 달 후면 수한과 결혼할 사이인데다 자주 함께 밤을 보내다 보니 이젠 이런 모습이 너무도 익숙했다.

"응. 오늘은 싱싱한 장어가 들어왔기에 장어구이를 준비했어."

수한은 유명한 임진강 장어를 맛있게 구워 루나의 식탁 앞에 내려놓았다.

"자기, 맛있겠다."

두 사람은 식탁에 앉아 늦은 저녁을 먹었다.

루나는 지금 너무도 행복했다.

사랑하는 사람과 함께 저녁을 먹을 수 있다는 것.

비록 아직 정식으로 결혼을 한 것이 아니기에 며칠에 한 번뿐이지만, 이렇게 함께 식사를 하는 것만으로도 너무 행복했다.

이미 양가에서는 두 사람의 관계를 허락해 동거를 해도 문제는 없었다.

하지만 바쁜 스케줄 때문에 차마 동거는 하지 못했다.

만약 동거를 하게 되면 이렇게 오붓한 시간은 물 건너갈 것이란 것을 루나는 잘 알았다.

동거가 무척 욕심나기는 하지만, 그렇게 되면 사랑하는 수한이 피곤해질 것이 분명한 탓이었다.

하여 루나는 동거에 대한 꿈을 접고 이렇게 며칠에 한 번씩 이곳을 찾아와 함께 밤을 보내는 것으로 만족을 했다.

식사를 끝낸 두 사람은 잠시 시시콜콜한 이야기들을 하다 방으로 들어갔다.

그런데 뭔가 분위기가 이상했다.

오늘따라 루나의 눈에 수한이 무척이나 섹시해 보이는 것이었다.

'어머, 내가 왜 이러지?'

루나는 자신도 모르게 시선이 수한의 몸으로 가는 것을 막을 수가 없었다.

연구를 하는 사람인데도 수한의 몸은 운동선수 못지않게 훌륭했다.

우락부락한 근육이 붙어 있는 보디빌더와 같은 몸이 아닌, 마치 그리스 조각상마냥 오밀조밀한 근육으로 덮인 몸이었다.

가운을 벗는 수한의 몸매는 무척이나 아름다워 루나는 순간 심장이 멎는 것만 같았다.

쿵! 쿵!

자주 본 것인데도 오늘은 무엇 때문인지 무척이나 심장이 크게 뛰었다.

너무도 큰 소리라 혹시나 수한이 눈치채면 어쩌나 하는 불안까지 생길 정도였다.

"뭐해? 자야지."

"으응, 그래… 자야지."

수한의 몸을 훔쳐보느라 머뭇거리던 루나는 그제야 정신을 차리고는 얼른 침대 안으로 들어갔다.

하지만 조금 전 수한의 벗은 몸을 보고 흥분한 기운은 쉽게 가시지 않았다.

"이리 와."

흥분을 가라앉히기 위해 눈을 감고 있던 루나의 귀에 속삭이는 듯한 수한의 목소리가 들려왔다.

눈을 떠보니 팔베개를 해주려는 수한의 모습이 보였다.

그런 모습을 보니 루나는 더욱 심장이 뛰었다.

"응, 고마워."

"뭐가? 오늘 뭔 일 있었어? 조금 이상하네?"

평소와 조금 다른 루나의 반응에 수한은 이상하다는 듯이 물었다.

하지만 지금 루나는 밀착된 수한의 몸에서 흘러나오는 수 컷의 향기에 정신을 차릴 수가 없었다.

아무런 대꾸도 없이 루나는 자신도 모르게 수한의 몸 위로 기어오르며 키스를 하였다.

"음……."

느닷없는 루나의 키스에 당황한 수한은 작게 신음을 흘리다 팔을 뻗어 그녀를 안았다.

그러고는 적극적으로 키스를 하였다.

이미 두 사람은 몸을 섞으며 서로의 사랑을 확인한 사이였다.

그 뒤로도 잠자리를 자주 가졌다.

그러니 굳이 루나의 스킨십을 거부할 필요는 없었다.

키스를 하던 수한은 입을 떼지 않은 채 천천히 루나의 몸을 쓰다듬었다.

적극적인 키스를 하다 보니 수한 또한 흥분을 한 것이다.

두 사람의 흥분 지수가 점점 높아지고, 급기야 수한이 루나의 잠옷을 벗겨내기 시작했다.

루나 또한 수한의 손길에 자연스레 몸을 맡겼다.

하나하나 그녀의 몸을 감추던 것들이 벗겨져 나가고, 곧 그녀는 태초의 모습이 되었다.

이미 사랑하는 사람의 손길을 받아 흥분한 그녀의 육체는 더없이 아름다웠다.

루나가 자신을 받아들일 준비가 된 것을 확인한 수한도 하나 남은 속옷을 벗어버리고는 루나를 내려다보았다.

"사랑해."

"응, 나도 사랑해."

수한은 사랑한다는 말과 함께 부드럽게 키스를 하였다.

그리고 루나 역시 수한의 스킨십을 자연스럽게 받아들였다.

잔잔하게 시작된 바람은 이내 폭풍이 되어 방 안을 가득 채웠다.

몇 달 전, 수한과 함께 보냈던 밤의 기억.

조금 전 수한이 남기고 간 말이 루나의 귓가를 울리며 그때의 기억을 떠오르게 했다.

자신도 모르게 몸이 뜨거워지는 느낌에 루나는 흥분을 참을 수가 없었다.

하지만 오늘만은, 아니, 지금 이 순간만은 뜨거워지는 흥분을 어떻게든 이겨내야만 했다.

곧 일생일대의 행사인 결혼식이 거행될 것인데, 신부가 잔뜩 흥분한 상태로 식장에 들어설 수는 없는 노릇 아니겠는가.

그리고 루나에게는 아직 수한에게 말하지 못한 비밀 한 가지가 있었다.

그것은 오늘 밤 수한에게 알려줄 생각이었다.

물론 그 비밀을 털어놓았을 때 수한이 어떻게 반응할지는 모르겠지만, 좋아해 줬으며 하는 심정이었다.

그리고 조금 전 신부 대기실이 소란스러웠던 이유는 수한보다 먼저 그녀들이 그 비밀을 들었기 때문이다.

원래는 수한에게 제일 먼저 알려줄 계획이었는데, 미나의 술수에 홀라당 넘어가 그만 비밀을 말하고 만 것이다.

— 신부 입장이 있겠습니다. 신부는 예식장 문 앞에 대기해 주시기 바랍니다.

그때, 신부 대기실에 있는 스피커에서 사회자의 말소리가 들렸다.

한창 생각에 잠겨 있던 루나는 얼른 자리에서 일어났다.

GREAT
KOREA

그런 그녀의 주변으로 언제 왔는지 오늘 신부를 도와줄 스텝이 손을 내밀고 있었다.

◈　　◈　　◈

찰칵! 찰칵!

일본 총리 관저 앞에는 많은 기자들이 모여 있었다.

총리인 아키야마 구로다가 총리 담화를 발표한다는 소식에 몰려든 것이었다.

뭔가 중요한 내용을 발표하려는 듯 많은 기자들과 방송국 취재 차량까지 출동하여 총리 관저 주변은 무척이나 혼잡스러웠다.

아직 구로다 총리가 등장하지 않은 탓에 기자들은 서로 정보를 주고받으며 떠들고 있었다.

이번 총리 담화는 총리실의 요청으로 진행되는 것이라 정규 방송도 중단한 채 일본 전역에 송출할 준비가 한창이었다.

"안녕하십니까, NHM 뉴스의 하루나 요코입니다. 지금 저는 아키야마 구로다 총리의 긴급 담화 발표 소식에 총리 관저 앞에 나와 있습니다. 구로다 총리는……."

전국구 방송인 NHM의 아나운서가 카메라를 보며 총리 담화에 관한 멘트를 내보냈다.

도대체 총리가 무엇 때문에 담화를 하겠다는 것인지 여러 억측이 많았지만, 대부분의 기자들은 한중 두 나라의 전쟁과 관련된 내용이 아닐까 판단을 하고 있었다.

그리고 가장 유력한 견해는 한국을 도와 중국을 격퇴하여 센카쿠 열도에 대한 확실한 영유권을 확보하려는 것이 아닌가 하는 내용이었다.

그러한 생각은 정치를 어느 정도 알고 있는 사람이라면 누구나 생각할 수 있을 법한 것이었다.

사실 일본이 한국과 중국 간의 전쟁에 끼어들 이유는 그것밖에 없었다.

더욱이 현재 한국이 선전을 하고 있으니 그에 편승해 승전을 거둔다면 전후 협상에서 유리한 고지를 차지할 수 있으니, 당연한 생각이었다.

전문가들의 진단이나 장래에 일본이 나가야 할 방향 등에 대하여 주절주절 떠들던 하루나 요코는 주변이 소란스러워지자 고개를 돌렸다.

그리고 총리 관저에서 구로다 총리가 나오는 모습이 보이자 얼른 그쪽으로 카메라를 돌렸다.

"말씀드리던 지금, 총리께서 나오시고 계십니다."

찰칵! 찰칵!

번쩍! 번쩍!

구로다 총리가 등장하자 간간이 울리던 카메라 셔터 소리와 불빛이 요란하게 터져 나왔다.

구로다 총리는 단상에 서자마자 대뜸 말을 쏟아내기 시작했다.

"존경하는 천황 폐하의 뜻을 받들어 우리 일본은 더 이상 한국이 강제 점유하고 있는 다케시마를 그냥 두고 볼 수는 없다는 판단을 내렸다. 한국이 우리의 땅을 돌려주지 않는다면 우리는 우리의 힘으로 그 땅을 되찾아올 것이다. 우리 정부는 오래전부터 한국에 우리의 땅을 돌려줄 것을 요구하였으나 평화적인 방법으로는 더 이상 오만한 그들을 설득할 방법이 없다고 판단하여 동북아시아의 평화를 해치는 한국을 더 이상 방치할 수 없다고 결정했다. 이에 우리 일본 정부는 한국에 선전포고를 선언한다."

웅성웅성!

장내에 있던 내외신 기자들은 일순간 충격에 빠졌다.

설마 일본 정부가 동맹인 한국을 상대로 전쟁을 선언할 거라고는 아무도 상상하지 못했기에 그 충격은 어마어마하였다.

그동안 센카쿠 열도를 두고 첨예하게 대립하고, 또 전쟁 직전까지 치달았던 중국을 두고 동맹을 향해 선전포고를 할 줄 누가 짐작이나 했겠는가 말이다.

너무도 엄청난 소식을 들은 하루나 요코를 비롯한 많은 기자들은 좀처럼 충격에서 헤어 나오지 못했다.

하지만 곧 정신을 차리고는 방금 구로다 총리가 발표한 한국에 대한 선전포고를 대서특필하기 시작하였다.

방송국 카메라는 계속해서 조금 전 구로다 총리가 담화문을 발표하는 장면을 송출하였고, 신문사 기자들은 방금 들은 담화의 내용을 실시간으로 신문사에 전달하였다.

인터넷 기사를 통해 구로다 총리의 선전포고는 발 빠르게 세계로 퍼져 나갔다.

충격!

대한민국 국민들에게 더없이 충격적인 일이 일어났다.

일본의 선전포고.

현재 대한민국은 중국과 전쟁 중인데, 그야말로 일본이

아주 야무지게 뒤통수를 친 것이다.

일부 언론에서는 이 모든 것이 현 정부의 잘못된 정책 때문이라 떠들어 댔지만, 그런 언론사들은 금방 된서리를 맞았다.

일본에 동조를 하는 매국노이자 민족 반역 행위라며 국민들이 들고 일어난 것이다.

때문에 현 정부를 비판하던 신문사나 TV 방송국은 구름같이 몰려든 국민들로 인해 곤욕을 치렀다.

지금의 대한민국 국민은 잘못된 언론에 휘둘리던 예전의 모습이 아니었다.

발달된 인터넷 문화로 인해 수많은 정보들을 보고 접하면서 정신이 깨인 것이다.

물론 홍수와도 같이 무수히 쏟아지는 정보 속에서 실속 있고 정직한 내용을 찾는다는 것은 쉬운 일이 아니지만, 거짓 정보에 휘둘려 놀아나는 짓은 현저히 줄어들었다.

국민들 사이에서 거짓 정보를 흘리는 어용 언론사들은 이미 파악되어 그런 언론사의 정보는 알아서 걸러 들으며 취득하고 있기 때문이다.

아무튼 일본의 선전포고로 인해 대한민국은 누란의 위기에 처하게 되었다.

하지만 국가의 앞날이 결코 절망스럽지는 않았다.

전 국민이 한마음 한뜻이 되어야 할 때 국론을 분열시키는 이들은 철퇴를 가해야 한다며 국민들이 들고일어났다.

그리고 이번 기회에 기회주의적인 일본에 진정한 대한민국의 힘을 보여줘야 한다며 입대 행렬의 기세가 더욱 타올랐다.

확실히 거만한 중국의 행태보다 일본의 비겁한 행동에 더 분노를 느끼는 한국인들이었다.

무엇보다 일본이 대한민국에 선전포고를 한 이유가 참으로 걸작이었다.

그 원인이 심심하면 써먹는 영토 분쟁이었기 때문이다.

이미 국제 분쟁 위원회에서 독도는 대한민국 고유 영토라는 판결이 내려진 후였다.

그 판결의 배경에는 오래전 일본 제국 시절에 편찬된 지도가 있었다.

그들이 편찬해 타국에 배포한 지도에 울릉도와 독도는 조선(대한제국)의 영토라고 선명하게 표시되어 있었다.

뿐만 아니라 독도와 함께 늘 논란이 일던 동해의 표기도 마찬가지였다.

일본의 고지도에 커다랗게 동해라 표기가 되어 있던 것

이다.

국제 분쟁 위원회의 판결은 그동안 일본이 주장하던 일본 해 표기가 오류라는 결론과 함께 오랜 기간 논란이 되어온 독도 소유권 분쟁의 불씨를 종식시켰다.

그런데 그러한 국제기관의 판결에도 불구하고 일본은 또다시 독도 영유권 주장을 내세우며 대한민국에 선전포고를 한 것이다.

비록 중국과의 전쟁 중이긴 하나 대한민국 정부도 더 이상 참지 않았다.

대한민국 정부는 일본의 주장을 정면으로 반박하며 엉뚱한 소리를 지껄이는 일본에 당당하게 전쟁선포를 하였다.

그러자 또다시 신중하지 못한 처사라고 떠들던 언론사와 어용 단체들이 성명을 내었다.

이번에도 당연히 국민들은 두고 보지 않았다.

국론을 분열시키고 매국적 행위를 통해 사익을 취하려는 족속들을 더 이상 내버려 둬서는 안 된다는 기류가 형성되었다.

과연 그들의 정체가 무엇이기에 헛소리를 떠들어 대는 것인지 신원 추적에 들어갔다.

그로 인해 많은 인사들의 죄악상이 만천하에 드러나기 시작했다.

사익을 취하던 그들은 더 이상 대한민국에서 발붙이고 살 수 없을 정도로 행적이 낱낱이 드러난 것이다.

언론의 자유라는 허울 좋은 핑계는 더 이상 통하지 않았다.

국가를 좀먹는 쓰레기 같은 인사들을 일소하며 대한민국은 새로운 변혁기를 맞이해 나갔다.

아울러 일본에 대한 심판을 내려야 한다는 여론이 급속도로 확대되어 나갔다.

바야흐로 동북아 정세에 격변이 몰아치고 있었다.

〈「그레이트 코리아」 제14권에서 계속〉

www.bbulmedia.com